中国现代
名家名作
插图本

鲁迅

著

裘沙 王伟君 裘大力

插图本

朝花夕拾

人民文学出版社

图书在版编目(CIP)数据

朝花夕拾：裘沙 王伟君 裘大力插图本／鲁迅著；裘沙，王伟君，裘大力绘. -- 北京：人民文学出版社，2025. -- （中国现代名家名作插图本）. -- ISBN 978-7-02-018922-9

Ⅰ. I210.4

中国国家版本馆 CIP 数据核字第 2024KE8506 号

责任编辑　陈建宾
装帧设计　陶　雷
责任印制　王重艺

出版发行　人民文学出版社
社　　址　北京市朝内大街 166 号
邮政编码　100705

印　　刷　三河市宏盛印务有限公司
经　　销　全国新华书店等

字　　数　116 千字
开　　本　880 毫米×1230 毫米　1/32
印　　张　6.875　插页 2
印　　数　1—5000
版　　次　2018 年 3 月北京第 1 版
印　　次　2025 年 4 月第 1 次印刷

书　　号　978-7-02-018922-9
定　　价　42.00 元

如有印装质量问题，请与本社图书销售中心调换。电话：010-65233595

目　录

小引 …………………………………………………… 001

狗·猫·鼠 ……………………………………………… 001
阿长与《山海经》 ……………………………………… 015
《二十四孝图》 ………………………………………… 026
五猖会 ………………………………………………… 040
无常 …………………………………………………… 049
从百草园到三味书屋 ………………………………… 063
父亲的病 ……………………………………………… 072
琐记 …………………………………………………… 082
藤野先生 ……………………………………………… 097
范爱农 ………………………………………………… 107

后记 …………………………………………………… 121

附录一

鲁迅自传 …………………………………………… 143

《呐喊》自序 ……………………………………… 146

故乡 ………………………………………………… 154

风筝 ………………………………………………… 166

死火 ………………………………………………… 169

记念刘和珍君 ……………………………………… 172

附录二

"尘海苍茫沉百感"
　　——读《朝花夕拾》…………………… 吴中杰 181

和中学生朋友谈谈如何读《朝花夕拾》 ………… 温儒敏 194

小　　引[1]

　　我常想在纷扰中寻出一点闲静来,然而委实不容易。目前是这么离奇,心里是这么芜杂。一个人做到只剩了回忆的时候,生涯大概总要算是无聊了罢,但有时竟会连回忆也没有。中国的做文章有轨范,世事也仍然是螺旋。前几天我离开中山大学的时候,便想起四个月以前的离开厦门大学;听到飞机在头上鸣叫,竟记得了一年前在北京城上日日旋绕的飞机[2]。我那时还做了一篇短文,叫做《一觉》。现在是,连这"一觉"也没有了。

　　广州的天气热得真早,夕阳从西窗射入,逼得人只能勉强穿一件单衣。书桌上的一盆"水横枝"[3],是我先前没有见过的:就是一段树,只要浸在水中,枝叶便青葱得可爱。看看绿叶,编编旧稿,总算也在做一点事。做着这等事,真是虽生之日,犹死之年,很可以驱除炎热的。

　　前天,已将《野草》编定了;这回便轮到陆续载在《莽原》[4]上的《旧事重提》,我还替他改了一个名称:《朝花夕拾》。带露折花,色香自然要好得多,但是我不能够。便是现在心目中的离奇和芜杂,我也还不能使他即刻幻化,转成离奇和芜杂的文章。或者,他日仰看流云时,会在我的眼前一闪烁罢。

我有一时,曾经屡次忆起儿时在故乡所吃的蔬果:菱角,罗汉豆,茭白,香瓜。凡这些,都是极其鲜美可口的;都曾是使我思乡的蛊惑。后来,我在久别之后尝到了,也不过如此;惟独在记忆上,还有旧来的意味留存。他们也许要哄骗我一生,使我时时反顾。

这十篇就是从记忆中抄出来的,与实际容或有些不同,然而我现在只记得是这样。文体大概很杂乱,因为是或作或辍,经了九个月之多。环境也不一:前两篇写于北京寓所[5]的东壁下;中三篇是流离中[6]所作,地方是医院和木匠房;后五篇却在厦门大学的图书馆的楼上,已经是被学者们[7]挤出集团之后了。

一九二七年五月一日,鲁迅于广州白云楼记。

*　　*　　*

〔1〕 本篇最初发表于1927年5月25日北京《莽原》半月刊第二卷第十期。

〔2〕 指奉军飞临北京轰炸的飞机。

〔3〕 "水横枝"　一种盆景。在广州等南方暖和地区,取栀子的一段浸植于水钵中,能长绿叶,可供观赏。

〔4〕《莽原》　文艺刊物,鲁迅编辑。1925年4月24日创刊于

北京。初为周刊,附《京报》发行,同年11月27日出至第三十二期休刊。1926年1月10日起改为半月刊,由未名社出版。1926年8月鲁迅离京后,改由韦素园接编。1927年12月25日出至第四十八期停刊。

〔5〕 北京寓所　指作者在北京阜成门内西三条胡同二十一号的寓所。现为鲁迅博物馆的一部分。

〔6〕 流离中　1926年三一八惨案后,北洋政府曾拟通缉当时北京文教界人士鲁迅等五十人,作者曾先后避居山本医院、德国医院、法国医院等处。避居德国医院时因病房已满,只得住入一间堆积杂物兼作木匠作场的房子。

〔7〕 学者们　指当时在厦门大学任教的顾颉刚等人。

狗·猫·鼠[1]

从去年起,仿佛听得有人说我是仇猫的。那根据自然是在我的那一篇《兔和猫》;这是自画招供,当然无话可说,——但倒也毫不介意。一到今年,我可很有点担心了。我是常不免于弄弄笔墨的,写了下来,印了出去,对于有些人似乎总是搔着痒处的时候少,碰着痛处的时候多。万一不谨,甚而至于得罪了名人或名教授[2],或者更甚而至于得罪了"负有指导青年责任的前辈"[3]之流,可就危险已极。为什么呢?因为这些大脚色是"不好惹"[4]的。怎地"不好惹"呢?就是怕要浑身发热[5]之后,做一封信登在报纸上,广告道:"看哪!狗不是仇猫的么?鲁迅先生却自己承认是仇猫的,而他还说要打'落水狗'!"这"逻辑"的奥义,即在用我的话,来证明我倒是狗,于是而凡有言说,全都根本推翻,即使我说二二得四,二三见九,也没有一字不错。这些既然都错,则绅士口头的二二得七,三三见千等等,自然就不错了。

我于是就间或留心着查考它们成仇的"动机"。这也并非敢妄学现下的学者以动机来褒贬作品[6]的那些时髦,不过想给自己预先洗刷洗刷。据我想,这在动物心理学家,是用不着费什么力气的,可惜我没有这学问。后来,在覃哈特[7]博士(Dr. O. Dähnhardt)的《自然史底国民童话》里,总算发现了那原因了。据说,是这么一回事:动物们因为要商议要事,开了一个会议,鸟,鱼,兽都齐集了,单是缺了象。大会议定,派伙计去迎接它,拈到了当这差使的阄的就是狗。"我怎么找到那象呢?我没有见过它,也和它不认识。"它问。"那容易,"大众说,"它是驼背的。"狗去了,遇见一匹猫,立刻弓起脊梁来,它便招待,同行,将弓着脊梁的猫介绍给大家道:"象在这里!"但是大家都嗤笑它了。从此以后,狗和猫便成了仇家。

日耳曼人[8]走出森林虽然还不很久,学术文艺却已经很可观,便是书籍的装潢,玩具的工致,也无不令人心爱。独有这一篇童话却实在不漂亮;结怨也结得没有意思。猫的弓起脊梁,并不是希图冒充,故意摆架子的,其咎却在狗的自己没眼力。然而原因也总可以算作一个原因。我的仇猫,是和这大大两样的。

其实人禽之辨,本不必这样严。在动物界,虽然并不如古人所幻想的那样舒适自由,可是噜苏做作的事总比人间少。它们适性任情,对就对,错就错,不说一句分辩话。虫蛆也许是不干净的,但它们并没有自鸣清高;鸷禽猛兽以较弱的动物为饵,不妨说是凶残的罢,但它们从来就没有竖过"公理""正义"[9]的旗子,使牺牲者直到被吃的时候为止,还是一味佩服赞叹它们。人呢,能直立了,自然是一大进步;能说话了,自然又是一大进步;能写字作文了,自然又是一大进步。然而也就堕落,因为那时也开始了说空话。说空话尚无不可,甚至于连自己也不知道说着违心之论,则对于只能嗥叫的动物,实在免不得"颜厚有忸怩"[10]。假使真有一位一视同仁的造物主,高高在上,那么,对于人类的这些小聪明,也许倒以为多事,正如我们在万生园[11]里,看见猴子翻筋斗,母象请安,虽然往往破颜一笑,但同时也觉得不舒服,甚至于感到悲哀,以为这些多余的聪明,倒不如没有的好罢。然而,既经为人,便也只好"党同伐异"[12],学着人们的说话,随俗来谈一谈,——辩一辩了。

现在说起我仇猫的原因来,自己觉得是理由充足,而且光明正大的。一,它的性情就和别的猛兽不同,凡捕食雀鼠,总不肯一口咬死,定要尽情玩弄,放走,又捉住,捉住,又放走,直待自己玩厌了,这才吃下去,颇与人们的幸灾乐祸,慢慢地折磨弱者的坏脾气相同。二,它不是和狮虎同族的么?可是有这么一副媚态!但这也许是限于天分之故罢,假使它的身材比现在大十倍,那就真不知道它所取的是怎么一种态度。然而,这些口实,仿佛又是现在提起笔来的时候添出来的,虽然也像是当时涌上心来的理由。要说得可靠一点,或者倒不如说不过因为它们配合时候的嗥叫,手续竟有这么繁重,闹得别人心烦,尤其是夜间要看书,睡觉的时候。当这些时候,我便要用长竹竿去攻击它们。狗们在大道上配合时,常有闲汉拿了木棍痛打;我曾见大勃吕该尔(P. Bruegel d. Ä)的一张铜版画 Allegorie der Wollust[13]上,也画着这回事,可见这样的举动,是中外古今一致的。自从那执拗的奥国学者弗罗特[14](S. Freud)提倡了精神分析说——Psychoanalysis,听说章士钊[15]先生是译作"心解"的,虽然简古,可是实在难解得很——以来,我们的名人名教授也颇有隐隐约约,检来应用的了,这些事便不免又要归宿到性欲上去。打狗的事我不管,至于我的打猫,却只因为它们嚷嚷,此外并无恶意,我自信我的嫉妒心还没有这么博大,当现下"动辄获咎"之秋,这是不可不预先声明的。例如人们当配合之前,也很有些手续,新的是写情书,少则一束,多则一捆;旧的是什么"问名""纳采"[16],磕头作揖,去年海昌蒋氏在北京举行婚礼,拜来拜去,就十足拜了三天,还印有一本红面子的《婚礼节文》,《序论》里大发议论道:"平心论之,既名为礼,当必繁重。专图简易,何用礼为?……然则世之有志于礼者,可以兴矣!不可退居于礼所不下之庶人矣!"然而我毫不生气,这是因为无须我到场;因此也可见我的仇猫,理由实在简简单单,只为了它们在我的耳朵边尽嚷的缘故。人们的各种礼式,局外人可以不见不闻,我就满不管,但如果当我正要看书或睡觉的时候,有人来勒令朗诵情书,奉陪作揖,那是为自卫起见,还要用长竹竿来抵御的。还有,平素不大交往的人,忽而寄给我一个红帖子,上面印着"为舍妹出阁","小儿完姻","敬请观礼"或"阖第光临"这些含有"阴险的暗示"[17]的句子,使我不化钱便总觉得有些过意不去的,我也不十分高兴。

但是,这都是近时的话。再一回忆,我的仇猫却远在能够说出这些理由之前,也许是还在十岁上下的时候了。至今还分明记得,那原因是极其简单的:只因为它吃老鼠,——吃了我饲养着的可爱的小小的隐鼠[18]。

听说西洋是不很喜欢黑猫的,不知道可确;但 Edgar Allan Poe[19] 的小说里的黑猫,却实在有点骇人。日本的猫善于成精,传说中的"猫婆"[20],那食人的惨酷确是更可怕。中国古时候虽然曾有"猫鬼"[21],近来却很少听到猫的兴妖作怪,似乎古法已经失传,老实起来了。只是我在童年,总觉得它有点妖气,没有什么好感。那是一个我的幼时的夏夜,我躺在一株大桂树下的小板桌上乘凉,祖母摇着芭蕉扇坐在桌旁,给我猜谜,讲故事。忽然,桂树上沙沙地有趾爪的爬搔声,一对闪闪的眼睛在暗中随声而下,使我吃惊,也将祖母讲着的话打断,另讲猫的故事了——

"你知道么?猫是老虎的先生。"她说。"小孩子怎么会知道呢,猫是老虎的师父。老虎本来是什么也不会的,就投到猫的门下来。猫就教给它扑的方法,捉的方法,吃的方法,像自己的捉老鼠一样。这些教完了;老虎想,本领都学到了,谁也比不过它了,只有老师的猫还比自己强,要是杀掉猫,自己便是最强的脚色了。它打定主意,就上前去扑猫。猫是早知道它的来意的,一跳,便上了树,老虎却只能眼睁睁地在树下蹲着。它还没有将一切本领传授完,还没有教给它上树。"

这是侥幸的,我想,幸而老虎很性急,否则从桂树上就会爬下一匹老虎来。然而究竟很怕人,我要进屋子里睡觉去了。夜色更加黯然;桂叶瑟瑟地作响,微风也吹动了,想来草席定已微凉,躺着也不至于烦得翻来复去了。

几百年的老屋中的豆油灯的微光下,是老鼠跳梁的世界,飘忽地走着,吱吱地叫着,那态度往往比"名人名教授"还轩昂。猫是饲养着的,然而吃饭不管事。祖母她们虽然常恨鼠子们啮破了箱柜,偷吃了东西,我却以为这也算不得什么大罪,也和我不相干,况且这类坏事大概是大个子的老鼠做的,决不能诬陷到我所爱的小鼠身上去。这类小鼠大抵在地上走动,只有拇指那么大,也不很畏惧人,我们那里叫它"隐鼠",与专住在屋上的伟大者是两种。我的床前就帖着两张花纸,一是"八戒招赘"[22],满纸长嘴大耳,我以为不甚雅观;别的一张"老鼠成亲"[23]却可爱,自新郎新妇以至傧相,宾客,执事,没有一个不是尖腮细腿,像煞读书人的,但穿的都是红衫绿裤。我想,能举办这样大仪式的,一定只有我所喜欢的那些隐鼠。现在是粗俗了,在路上遇见人类的迎娶仪仗,也不过当作性交的广告看,不甚留心;但那时的想看"老鼠成亲"的仪式,却极其神往,即使像海昌蒋氏似的连拜三夜,怕也未必会看得心烦。正月十四的夜,是我不肯轻易便睡,等候它们的仪仗从床下出来的夜。然而仍然只看见几个光着身子的隐鼠在地面游行,不像正在办着喜事。直到我熬不住了,快快睡去,一睁眼却已经天明,到了灯节了。也许鼠族的婚仪,不但不分

"看哪！狗不是仇猫的么？鲁迅先生却自己承认是仇猫的,而他还说要打'落水狗'!"

正月十四的夜,是我不肯轻易便睡,等候它们的仪仗从床下出来的夜。然而仍然只看见几个光着身子的隐鼠在地面游行,不像正在办着喜事。

请帖,来收罗贺礼,虽是真的"观礼",也绝对不欢迎的罢,我想,这是它们向来的习惯,无法抗议的。

　　老鼠的大敌其实并不是猫。春后,你听到它"咋!咋咋咋咋!"地叫着,大家称为"老鼠数铜钱"的,便知道它的可怕的屠伯已经光降了。这声音是表现绝望的惊恐的,虽然遇见猫,还不至于这样叫。猫自然也可怕,但老鼠只要窜进一个小洞去,它也就奈何不得,逃命的机会还很多。独有那可怕的屠伯——蛇,身体是细长的,圆径和鼠子差不多,凡鼠子能到的地方,它也能到,追逐的时间也格外长,而且万难幸免,当"数钱"的时候,大概是已经没有第二步办法的了。

　　有一回,我就听得一间空屋里有着这种"数钱"的声音,推门进去,一条蛇伏在横梁上,看地上,躺着一匹隐鼠,口角流血,但两胁还是一起一落的。取来给躺在一个纸盒子里,大半天,竟醒过来了,渐渐地能够饮食,行走,到第二日,似乎就复了原,但是不逃走。放在地上,也时时跑到人面前来,而且缘腿而上,一直爬到膝髁。给放在饭桌上,便检吃些菜渣,舐舐碗沿;放在我的书桌上,则从容地游行,看见砚台便舐吃了研着的墨汁。这使我非常惊喜了。我听父亲说过的,中国有一种墨猴,只有拇指一般大,全身的毛是漆黑而且发亮的。它睡在笔筒里,一听到磨墨,便跳出来,等着,等到人写完字,套上笔,就舐尽了砚上的余墨,仍旧跳进笔筒里去了。我就极愿意有这样的一个墨猴,可是得不到;问那里有,那里买的呢,谁也不知道。"慰情聊胜无"[24],这隐鼠总可以算是我的墨猴了罢,虽然它舐吃墨汁,并不一定肯等到我写完字。

现在已经记不分明,这样地大约有一两月;有一天,我忽然感到寂寞了,真所谓"若有所失"。我的隐鼠,是常在眼前游行的,或桌上,或地上。而这一日却大半天没有见,大家吃午饭了,也不见它走出来,平时,是一定出现的。我再等着,再等它一半天,然而仍然没有见。

长妈妈,一个一向带领着我的女工,也许是以为我等得太苦了罢,轻轻地来告诉我一句话。这即刻使我愤怒而且悲哀,决心和猫们为敌。她说:隐鼠是昨天晚上被猫吃去了!

当我失掉了所爱的,心中有着空虚时,我要充填以报仇的恶念!

我的报仇,就从家里饲养着的一匹花猫起手,逐渐推广,至于凡所遇见的诸猫。最先不过是追赶,袭击;后来却愈加巧妙了,能飞石击中它们的头,或诱入空屋里面,打得它垂头丧气。这作战继续得颇长久,此后似乎猫都不来近我了。但对于它们纵使怎样战胜,大约也算不得一个英雄;况且中国毕生和猫打仗的人也未必多,所以一切韬略,战绩,还是全都省略了罢。

但许多天之后,也许是已经经过了大半年,我竟偶然得到一个意外的消息:那隐鼠其实并非被猫所害,倒是它缘着长妈妈的腿要爬上去,被她一脚踏死了。

这确是先前所没有料想到的。现在我已经记不清当时是怎样一个感想,但和猫的感情却终于没有融和;到了北京,还因为它伤害了兔的儿女们,便旧隙夹新嫌,使出更辣的辣手。"仇猫"的话柄,也从此传扬开来。然而在现在,这些早已是过去的事了,我已经改变态度,对猫颇为客气,倘其万不得已,则赶走而已,决不打伤它们,更何况杀害。这是我近几年的进步。经验既多,一旦大悟,知道猫的偷鱼肉,拖小鸡,深夜大叫,人们自然十之九是憎恶的,而这憎恶是在猫身上。假如我出而为人们驱除这憎恶,打伤或杀害了它,它便立刻变为可怜,那憎恶倒移在我身上了。所以,目下的办法,是凡遇猫们捣乱,至于有人讨厌时,我便站出去,在门口大声叱曰:"嘘!滚!"小小平静,即回书房,这样,就长保着御侮保家的资格。其实这方法,中国的官兵就常在实做的,他们总不肯扫清土匪或扑灭敌人,因为这么一来,就要不被重视,甚至于因失其用处而被裁汰。我想,如果能将这方法推广应用,我大概也总可望成为所谓"指导青年"的"前辈"的罢,但现下也还未决心实践,正在研究而且推敲。

一九二六年二月二十一日。

* * *

〔1〕 本篇最初发表于1926年3月10日《莽原》半月刊第一卷第五期。

〔2〕 名人或名教授 指当时现代评论派陈西滢等人。1926年1月20日《晨报副刊》发表岂明《闲话的闲话之闲话》一文,其中说"北京有两位新文化新文学的名人名教授"在诬蔑女学生;同月30日陈西

滢即在同一副刊上发表《〈闲话的闲话之闲话〉引出来的几封信》,其中《致岂明》一信说:"我虽然配不上称为新文化新文学的名人名教授,也未免要同其余的读者一样,有些疑心先生骂的有我在里面,虽然我又拿不着把柄。"

〔3〕 "负有指导青年责任的前辈" 指徐志摩、陈西滢等。当时作者和现代评论派的论争正在继续,徐志摩在1926年2月3日《晨报副刊》发表《结束闲话,结束废话》一文,其中有双方都是"负有指导青年责任的前辈"之类的话。

〔4〕 "不好惹" 这是徐志摩的话。1926年1月30日《晨报副刊》发表徐志摩为陈西滢辩护的《关于下面一束通信告读者们》,其中说:"说实话,他也不是好惹的。"

〔5〕 浑身发热 这是讥讽陈西滢的话。陈在1926年1月30日《晨报副刊》发表的《致志摩》中说:"昨晚因为写另一篇文章,睡迟了,今天似乎有些发热。今天写了这封信,已经疲倦了。"

〔6〕 以动机来褒贬作品 这也是针对陈西滢的。陈在《现代评论》第二卷第四十八期(1925年11月7日)的《闲话》中说:"一件艺术品的产生,除了纯粹的创造冲动,是不是常常还夹杂着别种动机?是不是应当夹杂着别种不纯洁的动机?……年青的人,他们观看文艺美术是用十二分虔敬的眼光,一定不愿意承认创造者的动机是不纯粹的吧。可是,看一看古今中外的各种文艺美术品,我们不能不说它们的产生的动机大都是混杂的。"

〔7〕 覃哈特(1870—1915) 今译德恩哈尔特,德国文史学家、民俗学者。

〔8〕 日耳曼人 古代居住在欧洲东北部的一些部落的总称。

起初从事游牧、打猎,公元前一世纪转向定居。公元初分成东、西、北数支,开始阶级分化,出现贵族。东、西二支在公元四到五世纪联合斯拉夫人和罗马奴隶等,推翻了西罗马帝国。此后,他们在罗马领土上建立了许多封建王国。各支日耳曼人同其他原居民结合,形成近代英、德、荷兰、瑞典、挪威、丹麦等民族的祖先。

〔9〕 "公理""正义"　这是陈西滢等常用的字眼。如在1925年11月北京女子师范大学复校后,陈西滢等就在宴会席上组织所谓"教育界公理维持会",支持北洋政府迫害学生和教育界进步人士。

〔10〕 "颜厚有忸怩"　语出《尚书·五子之歌》:"郁陶乎予心,颜厚有忸怩。"意思是脸皮虽厚,内心也感到惭愧。

〔11〕 万生园　也作万牲园,清末设立的动物园,今北京动物园的前身。

〔12〕 "党同伐异"　语出《后汉书·党锢传序》。意思是纠合同伙,攻击异己。陈西滢曾用此语影射攻击鲁迅,他在《现代评论》第三卷第五十三期(1925年12月12日)的《闲话》中说:"中国人是没有是非的……凡是同党,什么都是好的,凡是异党,什么都是坏的。"

〔13〕 大勃吕该尔(1525—1569)　通译勃鲁盖尔,欧洲文艺复兴时期法兰德斯的讽刺画家。Allegorie der Wollust,德语,意思是"情欲的喻言"。

〔14〕 弗罗特(1856—1939)　通译弗洛伊德,奥地利精神病学家,精神分析学说的创立者。他认为文学、艺术、哲学、宗教等一切精神现象,都是人们因受压抑而潜藏在下意识里的某种"生命力"(Libido),特别是性欲的潜力所产生的。

〔15〕 章士钊(1881—1973)　字行严,湖南善化(今属长沙)人。

曾译有《莆罗乙德叙传》和《心解学》。

〔16〕 "问名""纳采"　旧时议婚中的仪式。"问名"是男方通过媒妁问女方的姓名和出生年月日;"纳采"是向女方送定婚的礼物。

〔17〕 "阴险的暗示"　这也是陈西滢的话。陈为了否认他说过诬蔑女学生的话,在《致岂明》的信中说:"这话先生说了不止一次了,可是好像每次都在骂我的文章里,而且语气里很带些阴险的暗示。"

〔18〕 隐鼠　即鼩鼠,鼠类中最小的一种。

〔19〕 Edgar Allan Poe　爱伦·坡(1809—1849),美国诗人、小说家。他在短篇小说《黑猫》中,写一个囚犯自述的故事:他因杀死一只猫而被神秘的黑猫逼成了谋杀犯。

〔20〕 "猫婆"　日本民间传说:有个老太婆养的一只猫,年久成了精怪;它把老太婆吃掉,又幻变成她的形状去害人。

〔21〕 "猫鬼"　《北史·独孤信传》中记有猫鬼杀人的情节:"陁性好左道,其外祖母高氏先事猫鬼,已杀其舅郭沙罗,因转入其家。……每以子日夜祀之。言子者,鼠也。其猫鬼每杀人者,所死家财物潜移于畜猫鬼家。"

〔22〕 "八戒招赘"　指猪八戒在高老庄入赘高太公家的故事,见于《西游记》第十八回。

〔23〕 "老鼠成亲"　旧时江浙一带的民间传说:夏历正月十四日的半夜是老鼠成亲的日期。

〔24〕 "慰情聊胜无"　语出晋代陶渊明诗《和刘柴桑》:"弱女虽非男,慰情良胜无。"

阿长与《山海经》[1]

长妈妈[2],已经说过,是一个一向带领着我的女工,说得阔气一点,就是我的保姆。我的母亲和许多别的人都这样称呼她,似乎略带些客气的意思。只有祖母叫她阿长。我平时叫她"阿妈",连"长"字也不带;但到憎恶她的时候,——例如知道了谋死我那隐鼠的却是她的时候,就叫她阿长。

我们那里没有姓长的;她生得黄胖而矮,"长"也不是形容词。又不是她的名字,记得她自己说过,她的名字是叫作什么姑娘的。什么姑娘,我现在已经忘却了,总之不是长姑娘;也终于不知道她姓什么。记得她也曾告诉过我这个名称的来历:先前的先前,我家有一个女工,身材生得很高大,这就是真阿长。后来她回去了,我那什么姑娘才来补她的缺,然而大家因为叫惯了,没有再改口,于是她从此也就成为长妈妈了。

虽然背地里说人长短不是好事情,但倘使要我说句真心话,我可只得说:我实在不大佩服她。最讨厌的是常喜欢切切察察,向人们低声絮说些什么事,还竖起第二个手指,在空中上下摇动,或者点着对手或自己的鼻尖。我的家里一有些小风波,不知怎的我总疑心和这"切切察察"有些关系。又不许我走动,拔一株草,翻一块石头,就说我顽皮,要告诉我的母亲去了。一到夏天,睡觉时她又伸开两脚两手,在床中间摆成一个"大"字,挤得我没有余地翻身,久睡在一角的席子上,又已经烤得那么热。推她呢,不动;叫她呢,也不闻。

"长妈妈生得那么胖,一定很怕热罢?晚上的睡相,怕不见得很好罢?……"

母亲听到我多回诉苦之后,曾经这样地问过她。我也知道这意思是要她多给我一些空席。她不开口。但到夜里,我热得醒来的时候,却仍然看见满床摆着一个"大"字,一条臂膊还搁在我的颈子上。我想,这实在是无法可想了。

但是她懂得许多规矩;这些规矩,也大概是我所不耐烦的。一年中最高兴的时节,自然要数除夕了。辞岁之后,从长辈得到压岁钱,红纸包着,放在枕边,只要过一宵,便可以随意使用。睡在枕上,看着红包,想到明天买来的小鼓,刀枪,泥人,糖菩萨……。然而她进来,又将一个福橘[3]放在床头了。

"哥儿,你牢牢记住!"她极其郑重地说。"明天是正月初一,清早一睁开眼睛,第一句话就得对我说:'阿妈,恭喜恭喜!'记得么?你要记着,这是一年的运气的事情。不许说别的话!说过之后,还得吃一点福橘。"她又拿起那橘子来在我的眼前摇了两摇,"那么,一年到头,顺顺流流……。"

梦里也记得元旦的,第二天醒得特别早,一醒,就要坐起来。她却立刻伸出臂膊,一把将我按住。我惊异地看她时,只见她惶急地看着我。

她又有所要求似的,摇着我的肩。我忽而记得了——

"阿妈,恭喜……。"

"恭喜恭喜!大家恭喜!真聪明!恭喜恭喜!"她于是十分喜欢似的,笑将起来,同时将一点冰冷的东西,塞在我的嘴里。我大吃一惊之后,也就忽而记得,这就是所谓福橘,元旦辟头的磨难,总算已经受完,可以下床玩耍去了。

她教给我的道理还很多,例如说人死了,不该说死掉,必须说"老掉了";死了人,生了孩子的屋子里,不应该走进去;饭粒落在地上,必须拣起来,最好是吃下去;晒裤子用的竹竿底下,是万不可钻过去的……。此外,现在大抵忘却了,只有元旦的古怪仪式记得最清楚。总之:都是些烦琐之至,至今想起来还觉得非常麻烦的事情。

然而我有一时也对她发生过空前的敬意。她常常对我讲"长毛"。她之所谓"长毛"者,不但洪秀全军,似乎连后来一切土匪强盗都在内,但除却革命党,因为那时还没有。她说得长毛非常可怕,他们的话就听不懂。她说先前长毛进城的时候,我家全都逃到海边去了,只留一个门房和年老的煮饭老妈子看家。后来长毛果然进门来了,那老妈子便叫他们"大王",——据说对长毛就应该这样叫,——诉说自己的饥饿。长毛笑道:"那么,这东西就给你吃了罢!"将一个圆圆的东西掷了过来,还带着一条小辫子,正是那门房的头。煮饭老妈子从此就骇破了胆,后来一提起,还是立刻面如土色,自己轻轻地拍着胸脯道:"阿呀,骇死我了,骇死我了……。"

我那时似乎倒并不怕,因为我觉得这些事和我毫不相干的,我不是一个门房。但她大概也即觉到了,说道:"像你似的小孩子,长毛也要掳的,掳去做小长毛。还有好看的姑娘,也要掳。"

"那么,你是不要紧的。"我以为她一定最安全了,既不做门房,又不是小孩子,也生得不好看,况且颈子上还有许多灸疮疤。

"那里的话?!"她严肃地说。"我们就没有用么?我们也要被掳去。城外有兵来攻的时候,长毛就叫我们脱下裤子,一排一排地站在城墙上,外面的大炮就放不出来;再要放,就炸了!"

这实在是出于我意想之外的,不能不惊异。我一向只以为她满肚子是麻烦的礼节罢了,却不料她还有这样伟大的神力。从此对于她就有了特别的敬意,似乎实在深不可测;夜间的伸开手脚,占领全床,那当然是情有可原的了,倒应该我退让。

这种敬意,虽然也逐渐淡薄起来,但完全消失,大概是在知道她谋害了我的隐鼠之后。那时就极严重地诘问,而且当面叫她阿长。我想我又不真做小长毛,不去攻城,也不放炮,更不怕炮炸,我惧惮她什么呢!

但当我哀悼隐鼠,给它复仇的时候,一面又在渴慕着绘图的《山海经》[4]了。这渴慕是从一个远房的叔祖[5]惹起来的。他是一个胖胖的，和蔼的老人，爱种一点花木，如珠兰，茉莉之类，还有极其少见的，据说从北边带回去的马缨花。他的太太却正相反，什么也莫名其妙，曾将晒衣服的竹竿搁在珠兰的枝条上，枝折了，还要愤愤地咒骂道："死尸！"这老人是个寂寞者，因为无人可谈，就很爱和孩子们往来，有时简直称我们为"小友"。在我们聚族而居的宅子里，只有他书多，而且特别。制艺和试帖诗[6]，自然也是有的；但我却只在他的书斋里，看见过陆玑的《毛诗草木鸟兽虫鱼疏》[7]，还有许多名目很生的书籍。我那时最爱看的是《花镜》[8]，上面有许多图。他说给我听，曾经有过一部绘图的《山海经》，画着人面的兽，九头的蛇，三脚的鸟，生着翅膀的人，没有头而以两乳当作眼睛的怪物，……可惜现在不知道放在那里了。

　　我很愿意看看这样的图画，但不好意思力逼他去寻找，他是很疏懒的。问别人呢，谁也不肯真实地回答我。压岁钱还有几百文，买罢，又没有好机会。有书买的大街离我家远得很，我一年中只能在正月间去玩一趟，那时候，两家书店都紧紧地关着门。

　　玩的时候倒是没有什么的，但一坐下，我就记得绘图的《山海经》。

　　大概是太过于念念不忘了，连阿长也来问《山海经》是怎么一回事。这是我向来没有和她说过的，我知道她并非学者，说了也无益；但既然来问，也就都对她说了。

过了十多天,或者一个月罢,我还很记得,是她告假回家以后的四五天,她穿着新的蓝布衫回来了,一见面,就将一包书递给我,高兴地说道:

"哥儿,有画儿的'三哼经',我给你买来了!"

我似乎遇着了一个霹雳,全体都震悚起来;赶紧去接过来,打开纸包,是四本小小的书,略略一翻,人面的兽,九头的蛇,……果然都在内。

这又使我发生新的敬意了,别人不肯做,或不能做的事,她却能够做成功。她确有伟大的神力。谋害隐鼠的怨恨,从此完全消灭了。

这四本书,乃是我最初得到,最为心爱的宝书。

书的模样,到现在还在眼前。可是从还在眼前的模样来说,却是一部刻印都十分粗拙的本子。纸张很黄;图像也很坏,甚至于几乎全用直线凑合,连动物的眼睛也都是长方形的。但那是我最为心爱的宝书,看起来,确是人面的兽;九头的蛇;一脚的牛;袋子似的帝江[9];没有头而"以乳为目,以脐为口",还要"执干戚而舞"的刑天[10]。

此后我就更其搜集绘图的书,于是有了石印的《尔雅音图》[11]和《毛诗品物图考》[12],又有了《点石斋丛画》[13]和《诗画舫》[14]。《山海经》也另买了一部石印的,每卷都有图赞,绿色的画,字是红的,比那木刻的精致得多了。这一部直到前年还在,是缩印的郝懿行[15]疏。木刻的却已经记不清是什么时候失掉了。

　　这实在是出于我意想之外的,不能不惊异。我一向只以为她满肚子是麻烦的礼节罢了,却不料她还有这样伟大的神力。

这四本书,乃是我最初得到,最为心爱的宝书。

我的保姆,长妈妈即阿长,辞了这人世,大概也有了三十年了罢。我终于不知道她的姓名,她的经历;仅知道有一个过继的儿子,她大约是青年守寡的孤孀。

仁厚黑暗的地母呵,愿在你怀里永安她的魂灵!

三月十日。

* * *

〔1〕 本篇最初发表于1926年3月25日《莽原》半月刊第一卷第六期。

〔2〕 长妈妈 绍兴东浦大门溇人。死于1899年(清光绪二十五年)4月。夫家姓余。文末提及她"过继的儿子"名五九,是一个裁缝。

〔3〕 福橘 福建产的橘子。因名中带有"福"字,为取吉利,旧时江浙民间有在夏历元旦早晨吃"福橘"的习俗。

〔4〕 《山海经》 十八卷,约公元前四世纪至二世纪间的作品。内容主要是我国民间传说中的地理知识,还保存了不少上古时代流传下来的神话故事。鲁迅称之为"古之巫书"。

〔5〕 远房的叔祖 指周兆蓝(1844—1898),字玉田,清末秀才。

〔6〕 制艺和试帖诗 都是科举考试规定的公式化诗文。制艺,即摘取"四书""五经"中的文句命题、立论的八股文;试帖诗,大抵取古人诗句或成语命题,冠以"赋得"二字,并限韵脚,一般为五言八韵。这里指当时书坊刊印的八股文和试帖诗的范本。

〔7〕 陆玑的《毛诗草木鸟兽虫鱼疏》 陆玑,字元恪,三国时吴国吴郡(治今苏州)人,曾任太子中庶子。《毛诗草木鸟兽虫鱼疏》,二

卷,是解释《毛诗》中动植物名称的书。今传《诗经》相传为西汉初毛亨、毛苌所传,故称《毛诗》。

〔8〕 《花镜》 即《秘传花镜》,清代杭州人陈淏子著。是一部讲述园圃花木的书。康熙二十七年(1688)刊印。全书六卷,内分"花历新栽"、"课花十八法"、"花木类考"、"藤蔓类考"、"花草类考"、"养禽鸟、兽畜、鳞介、昆虫法"六门。

〔9〕 帝江 《山海经》中能歌善舞的神鸟。该书《西山经》说:"其状如黄囊,赤如丹火,六足四翼,浑敦无面目。"

〔10〕 刑天 《山海经》中的神话人物。该书《海外西经》说:"刑天与帝争神,帝断其首,葬之常羊之山;乃以乳为目,以脐为口,操干戚以舞。"干,盾牌;戚,大斧。都是古代兵器。

〔11〕 《尔雅音图》 共三卷。《尔雅》是我国古代的辞书,作者不详,大概是汉初的著作。《尔雅音图》是宋人注明字音并加插图的一种《尔雅》版本。清嘉庆六年(1801)曾燠曾翻刻元人影写的宋钞绘图本,清光绪八年(1882)上海同文书局曾据以石印。

〔12〕 《毛诗品物图考》 日本冈元凤作,共七卷。是把《毛诗》中的动植物等画出图像并加简明考证的书,1784年(日本天明四年,即清乾隆四十九年)出版。

〔13〕 《点石斋丛画》 尊闻阁主人编,共十卷。是一部汇辑中国画家作品的画谱,其中也收有日本画家的作品。1885年(清光绪十一年)上海点石斋书局石印。

〔14〕 《诗画舫》 画谱名,汇印明代隆庆、万历年间画家的作品,分山水、人物、花鸟、草虫、四友、扇谱六卷。1879年(清光绪五年)上海点石斋书局曾翻印。

〔15〕 郝懿行(1757—1825) 字恂九,号兰皋,山东栖霞人,清代经学家。嘉庆进士,官户部主事。著有《尔雅义疏》、《山海经笺疏》及《易说》、《春秋说略》等。

《二十四孝图》[1]

我总要上下四方寻求,得到一种最黑,最黑,最黑的咒文,先来诅咒一切反对白话,妨害白话者。即使人死了真有灵魂,因这最恶的心,应该堕入地狱,也将决不改悔,总要先来诅咒一切反对白话,妨害白话者。

自从所谓"文学革命"[2]以来,供给孩子的书籍,和欧,美,日本的一比较,虽然很可怜,但总算有图有说,只要能读下去,就可以懂得的了。可是一班别有心肠的人们,便竭力来阻遏它,要使孩子的世界中,没有一丝乐趣。北京现在常用"马虎子"这一句话来恐吓孩子们。或者说,那就是《开河记》[3]上所载的,给隋炀帝开河,蒸死小儿的麻叔谋;正确地写起来,须是"麻胡子"。那么,这麻叔谋乃是胡人[4]了。但无论他是甚么人,他的吃小孩究竟也还有限,不过尽他的一生。妨害白话者的流毒却甚于洪水猛兽,非常广大,也非常长久,能使全中国化成一个麻胡,凡有孩子都死在他肚子里。

只要对于白话来加以谋害者,都应该灭亡!

这些话,绅士们自然难免要掩住耳朵的,因为就是所谓

"跳到半天空,骂得体无完肤,——还不肯罢休。"[5]而且文士们一定也要骂,以为大悖于"文格",亦即大损于"人格"。岂不是"言者心声也"[6]么?"文"和"人"当然是相关的,虽然人间世本来千奇百怪,教授们中也有"不尊敬"作者的人格而不能"不说他的小说好"[7]的特别种族。但这些我都不管,因为我幸而还没有爬上"象牙之塔"[8]去,正无须怎样小心。倘若无意中竟已撞上了,那就即刻跌下来罢。然而在跌下来的中途,当还未到地之前,还要说一遍:

只要对于白话来加以谋害者,都应该灭亡!

每看见小学生欢天喜地地看着一本粗拙的《儿童世界》[9]之类,另想到别国的儿童用书的精美,自然要觉得中国儿童的可怜。但回忆起我和我的同窗小友的童年,却不能不以为他幸福,给我们的永逝的韶光一个悲哀的吊唁。我们那时有什么可看呢,只要略有图画的本子,就要被塾师,就是当时的"引导青年的前辈"禁止,呵斥,甚而至于打手心。我的小同学因为专读"人之初性本善"[10]读得要枯燥而死了,只好偷偷地翻开第一叶,看那题着"文星高照"四个字的恶鬼一般的魁星[11]像,来满足他幼稚的爱美的天性。昨天看这个,今天也看这个,然而他们的眼睛里还闪出苏醒和欢喜的光辉来。

在书塾以外,禁令可比较的宽了,但这是说自己的事,各人大概不一样。我能在大众面前,冠冕堂皇地阅看的,是《文昌帝君阴骘文图说》[12]和《玉历钞传》[13],都画着冥冥之中赏善罚恶的故事,雷公电母站在云中,牛头马面布满地下,不但"跳到半天空"是触犯天条的,即使半语不合,一念偶差,也都得受相当的报应。这所报的也并非"睚眦之怨"[14],因为那地方是鬼神为君,"公理"作宰,请酒下跪,全都无功,简直是无法可想。在中国的天地间,不但做人,便是做鬼,也艰难极了。然而究竟很有比阳间更好的处所:无所谓"绅士",也没有"流言"。

阴间,倘要稳妥,是颂扬不得的。尤其是常常好弄笔墨的人,在现在的中国,流言的治下,而又大谈"言行一致"[15]的时候。前车可鉴,听说阿尔志跋绥夫[16]曾答一个少女的质问说,"惟有在人生的事实这本身中寻出欢喜者,可以活下去。倘若在那里什么也不见,他们其实倒不如死。"于是乎有一个叫作密哈罗夫的,寄信嘲骂他道,"……所以我完全诚实地劝你自杀来祸福你自己的生命,因为这第一是合于逻辑,第二是你的言语和行为不至于背驰。"

其实这论法就是谋杀,他就这样地在他的人生中寻出欢喜来。阿尔志跋绥夫只发了一大通牢骚,没有自杀。密哈罗夫先生后来不知道怎样,这一个欢喜失掉了,或者另外又寻到了"什么"了罢。诚然,"这些时候,勇敢,是安稳的;情热,是毫无危险的。"

然而,对于阴间,我终于已经颂扬过了,无法追改;虽有"言行不符"之嫌,但确没有受过阎王或小鬼的半文津贴,则差可以自解。总而言之,还是仍然写下去罢:

我所看的那些阴间的图画,都是家藏的老书,并非我所专有。我所收得的最先的画图本子,是一位长辈的赠品:《二十四孝图》[17]。这虽然不过薄薄的一本书,但是下图上说,鬼少人多,又为我一人所独有,使我高兴极了。那里面的故事,似乎是谁都知道的;便是不识字的人,例如阿长,也只要一看图画便能够滔滔地讲出这一段的事迹。但是,我于高兴之余,接着就是扫兴,因为我请人讲完了二十四个故事之后,才知道"孝"有如此之难,对于先前痴心妄想,想做孝子的计划,完全绝望了。

"人之初,性本善"么?这并非现在要加研究的问题。但我还依稀记得,我幼小时候实未尝蓄意忤逆,对于父母,倒是极愿意孝顺的。不过年幼无知,只用了私见来解释"孝顺"的做法,以为无非是"听话","从命",以及长大之后,给年老的父母好好地吃饭罢了。自从得了这一本孝子的教科书以后,才知道并不然,而且还要难到几十几百倍。其中自然也有可以勉力仿效的,如"子路负米"[18],"黄香扇枕"[19]之类。"陆绩怀橘"[20]也并不难,只要有阔人请我吃饭。"鲁迅先生作宾客而怀橘乎?"我便跪答云,"吾母性之所爱,欲归以遗母。"阔人大佩服,于是孝子就做稳了,也非常省事。"哭竹生笋"[21]就可疑,怕我的精诚未必会这样感动天地。但是哭不出笋来,还不过抛脸而已,一到"卧冰求鲤"[22],可就有性命之虞了。我乡的天气是温和的,严冬中,水面也只结一层薄冰,即使孩子的重量怎样小,躺上去,也一定哗喇一声,冰破落水,鲤鱼还不及游过来。自然,必须不顾性命,这才孝感神明,会有出乎意料之外的奇迹,但那时我还小,实在不明白这些。

其中最使我不解,甚至于发生反感的,是"老莱娱亲"[23]和"郭巨埋儿"[24]两件事。

我至今还记得,一个躺在父母跟前的老头子,一个抱在母亲手上的小孩子,是怎样地使我发生不同的感想呵。他们一手都拿着"摇咕咚"。这玩意儿确是可爱的,北京称为小鼓,盖即鼗也,朱熹[25]曰,"鼗,小鼓,两旁有耳;持其柄而摇之,则旁耳还自击,"咕咚咕咚地响起来。然而这东西是不该拿在老莱子手里的,他应该扶一枝拐杖。现在这模样,简直是装佯,侮辱了孩子。我没有再看第二回,一到这一叶,便急速地翻过去了。

那时的《二十四孝图》,早已不知去向了,目下所有的只是一本日本小田海僊[26]所画的本子,叙老莱子事云,"行年七十,言不称老,常著五色斑斓之衣,为婴儿戏于亲侧。又常取水上堂,诈跌仆地,作婴儿啼,以娱亲意。"大约旧本也差不多,而招我反感的便是"诈跌"。无论忤逆,无论孝顺,小孩子多不愿意"诈"作,听故事也不喜欢是谣言,这是凡有稍稍留心儿童心理的都知道的。

然而在较古的书上一查,却还不至于如此虚伪。师觉授[27]《孝子传》云,"老莱子……常著斑斓之衣,为亲取饮,上堂脚跌,恐伤父母之心,僵仆为婴儿啼。"(《太平御览》[28]四百十三引)较之今说,似稍近于人情。不知怎地,后之君子

然而这东西是不该拿在老莱子手里的,他应该扶一枝拐杖。现在这模样,简直是装佯,侮辱了孩子。

我想，事情虽然未必实现，但我从此总怕听到我的父母愁穷，怕看见我的白发的祖母，总觉得她是和我不两立，至少，也是一个和我的生命有些妨碍的人。

却一定要改得他"诈"起来,心里才能舒服。邓伯道弃子救侄[29],想来也不过"弃"而已矣,昏妄人也必须说他将儿子捆在树上,使他追不上来才肯歇手。正如将"肉麻当作有趣"一般,以不情为伦纪[30],诬蔑了古人,教坏了后人。老莱子即是一例,道学先生[31]以为他白璧无瑕时,他却已在孩子的心中死掉了。

至于玩着"摇咕咚"的郭巨的儿子,却实在值得同情。他被抱在他母亲的臂膊上,高高兴兴地笑着;他的父亲却正在掘窟窿,要将他埋掉了。说明云,"汉郭巨家贫,有子三岁,母尝减食与之。巨谓妻曰,贫乏不能供母,子又分母之食。盍埋此子?"但是刘向[32]《孝子传》所说,却又有些不同:巨家是富的,他都给了两弟;孩子是才生的,并没有到三岁。结末又大略相像了,"及掘坑二尺,得黄金一釜,上云:天赐郭巨,官不得取,民不得夺!"

我最初实在替这孩子捏一把汗,待到掘出黄金一釜,这才觉得轻松。然而我已经不但自己不敢再想做孝子,并且怕我父亲去做孝子了。家景正在坏下去,常听到父母愁柴米;祖母又老了,倘使我的父亲竟学了郭巨,那么,该埋的不正是我么?如果一丝不走样,也掘出一釜黄金来,那自然是如天之福,但是,那时我虽然年纪小,似乎也明白天下未必有这样的巧事。

现在想起来,实在很觉得傻气。这是因为现在已经知道了这些老玩意,本来谁也不实行。整饬伦纪的文电是常有的,却很少见绅士赤条条地躺在冰上面,将军跳下汽车去负米。

何况现在早长大了,看过几部古书,买过几本新书,什么《太平御览》咧,《古孝子传》[33]咧,《人口问题》咧,《节制生育》咧,《二十世纪是儿童的世界》咧,可以抵抗被埋的理由多得很。不过彼一时,此一时,彼时我委实有点害怕:掘好深坑,不见黄金,连"摇咕咚"一同埋下去,盖上土,踏得实实的,又有什么法子可想呢。我想,事情虽然未必实现,但我从此总怕听到我的父母愁穷,怕看见我的白发的祖母,总觉得她是和我不两立,至少,也是一个和我的生命有些妨碍的人。后来这印象日见其淡了,但总有一些留遗,一直到她去世——这大概是送给《二十四孝图》的儒者所万料不到的罢。

五月十日。

* * *

〔1〕 本篇最初发表于1926年5月25日《莽原》半月刊第一卷第十期。

〔2〕 "文学革命" 五四时期反对文言文、提倡白话文,反对旧文学、提倡新文学的运动。文学革命问题的讨论,1917年在《新青年》杂志上初步展开。该刊第二卷第六期(1917年2月)发表陈独秀的《文学革命论》正式提出"文学革命"的口号。五四运动爆发以后,它成为新文化革命的一个重要组成部分。

〔3〕 《开河记》 传奇小说,宋代人作。记隋炀帝令麻叔谋开掘下渠的故事,其中有麻叔谋蒸食小孩的传说。

〔4〕 参看本书《后记》第一段。

〔5〕 "跳到半天空"等语，是陈西滢在1926年1月30日《晨报副刊》发表的《致志摩》中攻击鲁迅的话："他常常的无故骂人，……可是要是有人侵犯了他一言半语，他就跳到半天空，骂得你体无完肤——还不肯罢休。"

〔6〕 "言者心声也" 语出汉代扬雄《法言·问神》："故言，心声也。"意思是说，语言和文章是人的思想的表现。

〔7〕 不能"不说他的小说好" 陈西滢在《现代评论》第三卷第七十一期（1926年4月17日）的《闲话》中说："我不能因为我不尊敬鲁迅先生的人格，就不说他的小说好，我也不能因为佩服他的小说，就称赞他其余的文章。"

〔8〕 "象牙之塔" 最初是法国文艺批评家圣佩韦（Sainte-Beuve，1804—1864）评论同时代消极浪漫主义诗人维尼（A. Vigny，1797—1863）的用语，后用以比喻脱离现实生活的艺术家的小天地。

〔9〕 《儿童世界》 一种供高小程度儿童阅读的周刊（后改半月刊）。内容分诗歌、童话、故事、谜语、笑话和儿童创作等，上海商务印书馆编印，1922年1月创刊，1937年8月停刊。

〔10〕 "人之初性本善" 旧时学塾通用的初级读物《三字经》的首二句。

〔11〕 魁星 魁星原是我国古代天文学中二十八宿之一奎星的俗称。最初在汉代人的纬书《孝经援神契》中有"奎主文昌"的说法，后奎星被附会为主宰科名和文运兴衰的神。魁星像略似"魁"字字形，一手执笔，一手持墨斗，上身前倾，一脚后翘，好像正在用笔点定谁将在科举中考中的样子。旧时学塾初级读物的扉页上常刊有魁星像。

〔12〕 《文昌帝君阴骘文图说》 据迷信传说，晋代四川人张亚

子,死后成为掌管人间功名禄籍的神道,称文昌帝君。《阴骘文图说》,相传为张亚子所作,是一部宣传因果报应的迷信思想的画集。阴骘,即阴德。

〔13〕 《玉历钞传》 全称《玉历至宝钞传》,是一部宣传迷信的书,题称宋代"淡痴道人梦中得授,弟子勿迷道人钞录传世",序文说它是"地藏王与十殿阎君,悯地狱之惨,奏请天帝,传《玉历》以警世"。共八章,第二章《〈玉历〉之图像》,即所谓十殿阎王地狱轮回等图像。

〔14〕 "睚眦之怨" 语出《史记·范雎传》:"一饭之德必偿,睚眦之怨必报。"睚眦之怨,意即小小的仇恨。陈西滢在《现代评论》第三卷第七十期(1926年4月10日)发表《杨德群女士事件》一文,以答复女师大学生雷榆等五人为杨德群辩诬的信,其中暗指鲁迅说:"因为那'杨女士不大愿意去'一句话,有些人在许多文章里就说我的罪状比执政府卫队还大!比军阀还凶!……不错,我曾经有一次在生气的时候,揭穿过有些人的真面目,可是,难道四五十个死者的冤可以不雪,睚眦之仇却不可不报吗?"后文提到"'公理'作宰,请酒下跪",也是对杨荫榆宴请陈西滢等人,策划迫害进步学生的嘲讽。

〔15〕 大谈"言行一致" 陈西滢在《现代评论》第三卷第五十九期(1926年1月23日)《闲话》中曾说:"言行不相顾本没有多大稀罕,世界上多的是这样的人。讲革命的做官僚,讲言论自由的烧报馆"。这里说的"做官僚",是指鲁迅在教育部任职;"烧报馆",指1925年11月29日,北京群众在反对段祺瑞的示威中烧毁晨报(研究系的报纸)馆的事件。

〔16〕 阿尔志跋绥夫(М. П. Арцыбащев,1878—1927) 俄国小说家。十月革命后于1923年流亡国外,死于华沙。著有长篇小说《沙

宁》、中篇小说《工人绥惠略夫》等。

〔17〕《二十四孝图》《二十四孝》，元代郭居敬编，内容是辑录古代所传二十四个孝子的故事。后来的印本都配上图画，通称《二十四孝图》，是旧时宣扬封建孝道的通俗读物。

〔18〕"子路负米" 子路，姓仲名由，春秋时鲁国卞（今山东泗水）人，孔子的学生。《孔子家语·致思》中，子路自述"事二亲之时，常食藜藿之实，为亲负米百里之外"。

〔19〕"黄香扇枕" 黄香，东汉安陆（今属湖北）人。九岁丧母，《东观汉记》中说他对父亲"尽心供养，……暑即扇床枕，寒即以身温席"。

〔20〕"陆绩怀橘" 陆绩，三国时吴国吴县华亭（今上海松江）人，科学家。《三国志·吴书·陆绩传》说他"年六岁，于九江见袁术。术出橘，绩怀三枚，去，拜辞堕地，术谓曰：'陆郎作宾客而怀橘乎？'绩跪答曰：'归欲遗母。'术大奇之"。

〔21〕"哭竹生笋" 三国时吴国孟宗的故事。唐代白居易编的《白氏六帖》中说："孟宗后母好笋，令宗冬月求之，宗入竹林恸哭，笋为之出。"

〔22〕"卧冰求鲤" 晋代王祥的故事。《晋书·王祥传》说他的后母"常欲生鱼，时天寒冰冻，祥解衣将剖冰求之，冰忽自解，双鲤跃出，持之而归"。

〔23〕"老莱娱亲" 老莱，春秋末楚国人，隐士。相传以孝事亲，楚王召仕不就。《艺文类聚·人部》记有他七十岁时穿五色彩衣诈跌"娱亲"的故事。

〔24〕"郭巨埋儿" 郭巨，晋代陇虑（今河南林州）人。《太平御

览》卷四一一引刘向《孝子图》说:"郭巨,……甚富。父没,分财二千万为两,分与两弟,已独取母供养。……妻产男,虑举之则妨供养,乃令妻抱儿,欲掘地埋之。于土中得金一釜,上有铁券云:'赐孝子郭巨。'……遂得兼养儿。"

〔25〕 朱熹(1130—1200) 字元晦,徽州婺源(今属江西)人,宋代理学家。这里的一段话,原是汉代郑玄关于《周礼·春官·小师》的注释,后被朱熹用作他的《论语集注·微子》中"播鼗武入于汉"一句的注释。

〔26〕 小田海僊(1785—1862) 日本江户幕府末期的文人画家。他画的《二十四孝图》是1844年(日本天保十四年,即清道光二十四年)的作品,曾收入上海点石斋书局印行的《点石斋丛画》。

〔27〕 师觉授 南朝宋涅阳(今河南镇平南)人。不仕。他所著的《孝子传》八卷,已散佚;有清代黄奭辑本,收入《汉学堂丛书》中。

〔28〕 《太平御览》 类书名,宋太平兴国二年(977)李昉等奉敕撰。初名《太平总类》,书成后经太宗阅览,因名《太平御览》。全书一千卷,分五十五门,所引书籍共一六九〇种,其中不少现已散佚。

〔29〕 邓伯道弃子救侄 邓伯道(?—326),名攸,字伯道,晋代平阳襄陵(今山西襄汾)人。东晋时官至尚书右仆射。据《晋书·邓攸传》载,石勒攻晋的战乱中,他全家南逃,途中弃子救侄。

〔30〕 伦纪 即伦常、纲纪,指封建的"三纲"、"五常"等道德规范,是封建社会人与人之间应该遵守的准则。

〔31〕 道学先生 道学,又称理学,即宋代程颢、程颐、朱熹等人阐释儒家学说而形成的思想体系,当时称为道学。道学先生,即指信奉和宣扬这种学说的人。

〔32〕 刘向(约前77—前6)　字子政,西汉沛(今江苏沛县)人,经学家、文学家。他作的《孝子传》已亡佚,有清代黄奭的辑本,收入《汉学堂丛书》;又有茅泮林的辑本,收入《梅瑞轩十种古逸书》。

〔33〕 《古孝子传》　清代茅泮林编,是从"类书"中辑录刘向、萧广济、王歆、王韶之、周景式、师觉授、宋躬、虞盘佑、郑缉等已散佚的《孝子传》成书,收入《梅瑞轩十种古逸书》中。

五　猖　会[1]

　　孩子们所盼望的,过年过节之外,大概要数迎神赛会[2]的时候了。但我家的所在很偏僻,待到赛会的行列经过时,一定已在下午,仪仗之类,也减而又减,所剩的极其寥寥。往往伸着颈子等候多时,却只见十几个人抬着一个金脸或蓝脸红脸的神像匆匆地跑过去。于是,完了。

　　我常存着这样的一个希望:这一次所见的赛会,比前一次繁盛些。可是结果总是一个"差不多";也总是只留下一个纪念品,就是当神像还未抬过之前,化一文钱买下的,用一点烂泥,一点颜色纸,一枝竹签和两三枝鸡毛所做的,吹起来会发出一种刺耳的声音的哨子,叫作"吹都都"的,呲呲地吹它两三天。

　　现在看看《陶庵梦忆》[3],觉得那时的赛会,真是豪奢极了,虽然明人的文章,怕难免有些夸大。因为祷雨而迎龙王,现在也还有的,但办法却已经很简单,不过是十多人盘旋着一条龙,以及村童们扮些海鬼。那时却还要扮故事,而且实在奇拔得可观。他记扮《水浒传》[4]中人物云:"……于是分头四出,寻黑矮汉,寻梢长大汉,寻头陀[5],寻胖大和尚,寻茁壮妇人,寻姣长妇人,寻青面,寻歪头,寻赤须,寻美髯,寻黑大汉,寻赤脸长须。大索城中;无,则之郭,之村,之山僻,之邻府州县。用重价聘之,得三十六人,梁山泊好汉,个个呵活,臻臻至至[6],人马称娖[7]而行。……"这样的白描的活古人,谁能不动一看的雅兴呢?可惜这种盛举,早已和明社[8]一同消灭了。

赛会虽然不像现在上海的旗袍[9],北京的谈国事[10],为当局所禁止,然而妇孺们是不许看的,读书人即所谓士子,也大抵不肯赶去看。只有游手好闲的闲人,这才跑到庙前或衙门前去看热闹;我关于赛会的知识,多半是从他们的叙述上得来的,并非考据家所贵重的"眼学"[11]。然而记得有一回,也亲见过较盛的赛会。开首是一个孩子骑马先来,称为"塘报"[12];过了许久,"高照"[13]到了,长竹竿揭起一条很长的旗,一个汗流浃背的胖大汉用两手托着;他高兴的时候,就肯将竿头放在头顶或牙齿上,甚而至于鼻尖。其次是所谓"高跷","抬阁","马头"[14]了;还有扮犯人的,红衣枷锁,内中也有孩子。我那时觉得这些都是有光荣的事业,与闻其事的即全是大有运气的人,——大概羡慕他们的出风头罢。我想,我为什么不生一场重病,使我的母亲也好到庙里去许下一个"扮犯人"的心愿的呢?……然而我到现在终于没有和赛会发生关系过。

要到东关[15]看五猖会去了。这是我儿时所罕逢的一件盛事。因为那会是全县中最盛的会,东关又是离我家很远的地方,出城还有六十多里水路,在那里有两座特别的庙。一是梅姑庙,就是《聊斋志异》[16]所记,室女守节,死后成神,却篡取别人的丈夫的;现在神座上确塑着一对少年男女,眉开眼笑,殊与"礼教"有妨。其一便是五猖庙了,名目就奇特。据有考据癖的人说:这就是五通神[17]。然而也并无确据。神像是五个男人,也不见有什么猖獗之状;后面列坐着五位太太,却并不"分坐",远不及北京戏园里界限之谨严。其实呢,这也是殊与"礼教"有妨的,——但他们既然是五猖,便也无法可想,而且自然也就"又作别论"了。

因为东关离城远,大清早大家就起来。昨夜预定好的三道明瓦窗的大船,已经泊在河埠头,船椅,饭菜,茶炊,点心盒子,都在陆续搬下去了。我笑着跳着,催他们要搬得快。忽然,工人的脸色很谨肃了,我知道有些蹊跷,四面一看,父亲就站在我背后。

"去拿你的书来。"他慢慢地说。

这所谓"书",是指我开蒙时候所读的《鉴略》[18],因为我再没有第二本了。我们那里上学的岁数是多拣单数的,所以这使我记住我其时是七岁。

我忐忑着,拿了书来了。他使我同坐在堂中央的桌子前,教我一句一句地读下去。我担着心,一句一句地读下去。

两句一行,大约读了二三十行罢,他说:

"给我读熟。背不出,就不准去看会。"

我想，我为什么不生一场重病，使我的母亲也好到庙里去许下一个"扮犯人"的心愿的呢？……

在百静中,我似乎头里要伸出许多铁钳,将什么"生于太荒"之流夹住……

他说完,便站起来,走进房里去了。

我似乎从头上浇了一盆冷水。但是,有什么法子呢?自然是读着,读着,强记着,——而且要背出来。

粤自盘古,生于太荒,

首出御世,肇开混茫。

就是这样的书,我现在只记得前四句,别的都忘却了;那时所强记的二三十行,自然也一齐忘却在里面了。记得那时听人说,读《鉴略》比读《千字文》,《百家姓》[19]有用得多,因为可以知道从古到今的大概。知道从古到今的大概,那当然是很好的,然而我一字也不懂。"粤自盘古"就是"粤自盘古",读下去,记住它,"粤自盘古"呵!"生于太荒"呵!……

应用的物件已经搬完,家中由忙乱转成静肃了。朝阳照着西墙,天气很清朗。母亲,工人,长妈妈即阿长,都无法营救,只默默地静候着我读熟,而且背出来。在百静中,我似乎头里要伸出许多铁钳,将什么"生于太荒"之流夹住;也听到自己急急诵读的声音发着抖,仿佛深秋的蟋蟀,在夜中鸣叫似的。

他们都等候着;太阳也升得更高了。

我忽然似乎已经很有把握,便即站了起来,拿书走进父亲的书房,一气背将下去,梦似的就背完了。

"不错。去罢。"父亲点着头,说。

大家同时活动起来,脸上都露出笑容,向河埠走去。工人将我高高地抱起,仿佛在祝贺我的成功一般,快步走在最前头。

我却并没有他们那么高兴。开船以后,水路中的风景,盒子里的点心,以及到了东关的五猖会的热闹,对于我似乎都没有什么大意思。

直到现在,别的完全忘却,不留一点痕迹了,只有背诵《鉴略》这一段,却还分明如昨日事。

我至今一想起,还诧异我的父亲何以要在那时候叫我来背书。

五月二十五日。

*　　　*　　　*

〔1〕 本篇最初发表于1926年6月10日《莽原》半月刊第一卷第十一期。

〔2〕 迎神赛会　旧时的一种迷信习俗,用仪仗鼓乐和杂戏迎神出庙,周游街巷,以酬神祈福。

〔3〕 《陶庵梦忆》　小品文集,明代张岱(号陶庵)著,共八卷。本文所引见该书卷七《及时雨》条,记的是明崇祯五年(1632)七月绍兴的祈雨赛会情况。

〔4〕 《水浒传》　长篇小说,明代施耐庵著。

〔5〕 头陀　梵语 Dhūta 的音译。原为佛教苦行,后用以称游方乞食的和尚。

〔6〕 臻臻至至　齐备、周到。这里指人物众多,气势很盛的样子。

〔7〕 称娖　行列整齐的样子。《后汉书·中山简王传》:"今五国各官骑百人,称娖前行。"

〔8〕 明社　即明王朝。社,这里指社稷,旧时用作国家的代称。

〔9〕 上海的旗袍　当时盘踞江浙等地的军阀孙传芳认为妇女穿旗袍,与男子没有多大区别(那时男子通行穿长袍),是伤风败俗的,曾下令禁止。

〔10〕 北京的谈国事　统治北京的北洋军阀为了防止革命活动,实行恐怖政策,密探四布,饭铺茶馆等多贴有"莫谈国事"的字条。

〔11〕 "眼学"　语出北齐颜之推《颜氏家训·勉学》:"谈说制文,援引古昔,必须眼学,勿信耳受。"

〔12〕 "塘报"　即驿报,古代驿站用快马急行传递的公文。浙东一带赛会时,由一个化装的孩子骑马先行,预示赛会队伍即将到来,也叫"塘报"。

〔13〕 "高照"　高挂在长竹竿上的通告。"照"就是通告。绍兴赛会中的"高照"长二三丈,用绸缎刺绣而成。

〔14〕 "高跷","抬阁","马头"　"高跷",我国民间游艺的一种,扮饰戏剧中某一角色的人,两脚下各缚五六尺长的木棍,边走边表演。一般多扮演喜剧中的角色。"抬阁",赛会中常见的一种游艺,一个木制四方形的小阁,里面有两三个扮饰戏曲故事中人物的儿童,由成年人抬着游行。"马头",也是赛会中的游艺,扮饰戏曲故事中人物的儿童骑在马上游行。

〔15〕 东关　绍兴旧属的一个大集镇,在绍兴城东约六十里,今属上虞。

〔16〕 《聊斋志异》　短篇小说集,清代蒲松龄著,通行本为十六

卷。梅姑事见于卷十四《金姑夫》篇："会稽有梅姑祠,神故马姓,族居东莞,未嫁而夫早死,遂矢志不醮,三旬而卒。族人祠之,谓之梅姑。丙申,上虞金生赴试经此,入庙徘徊,颇涉冥想。至夜,梦青衣来,传梅姑命招之,从去。入祠,梅姑立候檐下,笑曰:'蒙君宠顾,实切依恋,不嫌陋拙,愿以身为姬侍。'金唯唯。梅姑送之曰:'君且去;设座成,当相迓耳。'醒而恶之。是夜,居人梦梅姑曰:'上虞金生,今为吾婿,宜塑其像。'诘旦,村人语梦悉同。族长恐玷其贞,以故不从;未几一家俱病,大惧,为肖像于左。既成,金生告妻子曰:'梅姑迎我矣!'衣冠而死。妻痛恨,诣祠指女像秽骂,又升座批颊数四乃去。今马氏呼为金姑夫。"梅姑庙在宋代《嘉泰会稽志》中已有记载。

〔17〕 五通神　旧时南方乡村中供奉的凶神。唐末已有香火,庙号"五通"。唐末郑愚《大沩虚祐师铭》有"牛阿房,鬼五通"的记载(见《唐诗纪事》卷六六)。据传为兄弟五人,俗称五圣。

〔18〕《鉴略》　旧时学塾所用的一种初级历史读物,清代王仕云编,四言韵语,上起盘古,下迄明代弘光。

〔19〕《千字文》,《百家姓》　《千字文》,旧时学塾所用的初级读物,相传为南朝梁周兴嗣作,用一千个不同的字编成四言韵语。《百家姓》,旧时学塾所用的识字读本,北宋人作,将姓氏连缀为四言韵语。

无 常[1]

迎神赛会这一天出巡的神,如果是掌握生杀之权的,——不,这生杀之权四个字不大妥,凡是神,在中国仿佛都有些随意杀人的权柄似的,倒不如说是职掌人民的生死大事的罢,就如城隍和东岳大帝[2]之类,那么,他的卤簿[3]中间就另有一群特别的脚色:鬼卒,鬼王,还有活无常。

这些鬼物们,大概都是由粗人和乡下人扮演的。鬼卒和鬼王是红红绿绿的衣裳,赤着脚;蓝脸,上面又画些鱼鳞,也许是龙鳞或别的什么鳞罢,我不大清楚。鬼卒拿着钢叉,叉环振得琅琅地响,鬼王拿的是一块小小的虎头牌。据传说,鬼王是只用一只脚走路的;但他究竟是乡下人,虽然脸上已经画上些鱼鳞或者别的什么鳞,却仍然只得用了两只脚走路。所以看客对于他们不很敬畏,也不大留心,除了念佛老妪和她的孙子们为面面圆到起见,也照例给他们一个"不胜屏营待命之至"[4]的仪节。

至于我们——我相信:我和许多人——所最愿意看的,却在活无常。他不但活泼而诙谐,单是那浑身雪白这一点,在红红绿绿中就有"鹤立鸡群"之概。只要望见一顶白纸的高帽子和他手里的破芭蕉扇的影子,大家就都有些紧张,而且高兴起来了。人民之于鬼物,惟独与他最为稔熟,也最为亲密,平时也常常可以遇见他。譬如城隍庙或东岳庙中,大殿后面就有一间暗室,叫作"阴司间",在才可辨色的昏暗中,塑着各种鬼:吊死鬼,跌死鬼,虎伤鬼,科场鬼,……而一进门口所看见的长而白的东西就是他。我虽然也曾瞻仰过一回这"阴司间",但那时胆子小,没有看明白。听说他一手还拿着铁索,因为他是勾摄生魂的使者。相传樊江[5]东岳庙的"阴司间"的构造,本来是极其特别的:门口是一块活板,人一进门,踏着活板的这一端,塑在那一端的他便扑过来,铁索正套在你脖子上。后来吓死了一个人,钉实了,所以在我幼小的时候,这就已不能动。

倘使要看个分明,那么,《玉历钞传》上就画着他的像,不过《玉历钞传》也有繁简不同的本子的,倘是繁本,就一定有。身上穿的是斩衰凶服[6],腰间束的是草绳,脚穿草鞋,项挂纸锭[7];手上是破芭蕉扇,铁索,算盘;肩膀是耸起的,头发却披下来;眉眼的外梢都向下,像一个"八"字。头上一顶长方帽,下大顶小,按比例一算,该有二尺来高罢;在正面,就是遗老遗少们所戴瓜皮小帽的缀一粒珠子或一块宝石的地方,直写着四个字道:"一见有喜"。有一种本子上,却写的是"你也来了"。这四个字,是有时也见于包公殿[8]的扁额上的,至于他的帽上是何人所写,他自己还是阎罗王[9],我可没有研究出。

《玉历钞传》上还有一种和活无常相对的鬼物,装束也相仿,叫作"死有分"。这在迎神时候也有的,但名称却讹作死无常了,黑脸,黑衣,谁也不爱看。在"阴司间"里也有的,胸口靠着墙壁,阴森森地站着;那才真真是"碰壁"[10]。凡有进去烧香的人们,必须摩一摩他的脊梁,据说可以摆脱了晦气;我小时也曾摩过这脊梁来,然而晦气似乎终于没有脱,——也许那时不摩,现在的晦气还要重罢,这一节也还是没有研究出。

我也没有研究过小乘佛教[11]的经典,但据耳食之谈,则在印度的佛经里,焰摩天[12]是有的,牛首阿旁也有的,都在地狱里做主任。至于勾摄生魂的使者的这无常先生,却似乎于古无征,耳所习闻的只有什么"人生无常"之类的话。大概这意思传到中国之后,人们便将他具象化了。这实在是我们中国人的创作。

然而人们一见他,为什么就都有些紧张,而且高兴起来呢?

凡有一处地方,如果出了文士学者或名流,他将笔头一扭,就很容易变成"模范县"[13]。我的故乡,在汉末虽曾经虞仲翔[14]先生揄扬过,但是那究竟太早了,后来到底免不了产生所谓"绍兴师爷"[15],不过也并非男女老小全是"绍兴师爷",别的"下等人"也不少。这些"下等人",要他们发什么"我们现在走的是一条狭窄险阻的小路,左面是一个广漠无际的泥潭,右面也是一片广漠无际的浮沙,前面是遥遥茫茫荫在薄雾的里面的目的地"[16]那样热昏似的妙语,是办不到的,可是在无意中,看得往这"荫在薄雾的里面的目的地"的道路很明白:求婚,结婚,养孩子,死亡。但这自然是专就我的故乡而言,若是"模范县"里的人民,那当然又作别论。他们——敝同乡"下等人"——的许多,活着,苦着,被流言,被反噬,因了积久的经验,知道阳间维持"公理"的只有一个会[17],而且这会的本身就是"遥遥茫茫",于是乎势不得不发生对于阴间的神往。人是大抵自以为衔些冤抑的;活的"正人君子"们只能骗鸟,若问愚民,他就可以不假思索地回答你:公正的裁判是在阴间!

想到生的乐趣,生固然可以留恋;但想到生的苦趣,无常也不一定是恶客。无论贵贱,无论贫富,其时都是"一双空手见阎王"[18],有冤的得伸,有罪的就得罚。然而虽说是"下等人",也何尝没有反省?自己做了一世人,又怎么样呢?未曾"跳到半天空"么?没有"放冷箭"[19]么?无常的手里就拿着大算盘,你摆尽臭架子也无益。对付别人要滴水不羼的公理,对自己总还不如虽在阴司里也还能够寻到一点私情。然而那又究竟是阴间,阎罗天子,牛首阿旁,还有中国人自己想出来的马面[20],都是并不兼差,真正主持公理的脚色,虽然他们并没有在报上发表过什么大文章。当还未做鬼之前,有时先不欺心的人们,遥想着将来,就又不能不想在整块的公理中,来寻一点情面的末屑,这时候,我们的活无常先生便见得可亲爱了,利中取大,害中取小,我们的古哲墨翟[21]先生谓之"小取"云。

　　在庙里泥塑的,在书上墨印的模样上,是看不出他那可爱来的。最好是去看戏。但看普通的戏也不行,必须看"大戏"或者"目连戏"[22]。目连戏的热闹,张岱[23]在《陶庵梦忆》上也曾夸张过,说是要连演两三天。在我幼小时候可已经不然了,也如大戏一样,始于黄昏,到次日的天明便完结。这都是敬神禳灾的演剧,全本里一定有一个恶人,次日的将近天明便是这恶人的收场的时候,"恶贯满盈",阎王出票来勾摄了,于是乎这活的活无常便在戏台上出现。

　　我还记得自己坐在这一种戏台下的船上的情形,看客的心情和普通是两样的。平常愈夜深愈懒散,这时却愈起劲。他所戴的纸糊的高帽子,本来是挂在台角上的,这时预先拿进去了;一种特别乐器,也准备使劲地吹。这乐器好像喇叭,细而长,可有七八尺,大约是鬼物所爱听的罢,和鬼无关的时候就不用;吹起来,Nhatu, nhatu, nhatututuu 地响,所以我们叫它"目连嗐头"[24]。

　　在许多人期待着恶人的没落的凝望中,他出来了,服饰比画上还简单,不拿铁索,也不带算盘,就是雪白的一条莽汉,粉面朱唇,眉黑如漆,蹙着,不知道是在笑还是在哭。但他一出台就须打一百零八个嚏,同时也放一百零八个屁,这才自述他的履历。可惜我记不清楚了,其中有一段大概是这样:

　　　　"…………

　　　　人王出了牌祟,叫我去拿隔壁的癞子。

问了起来呢,原来是我堂房的阿侄。

生的是什么病?伤寒,还带痢疾。

看的是什么郎中?下方桥的陈念义[25]la 儿子。

开的是怎样的药方?附子,肉桂,外加牛膝。

第一煎吃下去,冷汗发出;

第二煎吃下去,两脚笔直。

我道 nga 阿嫂哭得悲伤,暂放他还阳半刻。

大王道我是得钱买放,就将我捆打四十!"

这叙述里的"子"字都读作入声。陈念义是越中的名医,俞仲华曾将他写入《荡寇志》[26]里,拟为神仙;可是一到他的令郎,似乎便不大高明了。la 者"的"也;"儿"读若"倪",倒是古音罢;nga 者,"我的"或"我们的"之意也。

他口里的阎罗天子仿佛也不大高明,竟会误解他的人格,——不,鬼格。但连"还阳半刻"都知道,究竟还不失其"聪明正直之谓神"[27]。不过这惩罚,却给了我们的活无常以不可磨灭的冤苦的印象,一提起,就使他更加蹙紧双眉,捏定破芭蕉扇,脸向着地,鸭子浮水似的跳舞起来。

Nhatu, nhatu, nhatu-nhatu-nhatututuu! 目连嗐头也冤苦不堪似的吹着。

他因此决定了:

"难是弗放者个!

那怕你,铜墙铁壁!

那怕你,皇亲国戚!

在故乡时候,和"下等人"一同,常常这样高兴地正视过这鬼而人,理而情,可怖而可爱的无常……

迎神时候的无常,可和演剧上的又有些不同了。他只有动作,没有言语,跟定了一个捧着一盘饭菜的小丑似的脚色走,他要去吃;他却不给他。另外还加添了两名脚色,就是"正人君子"之所谓"老婆儿女"。

…………"

"难"者,"今"也;"者个"者,"的了"之意,词之决也。"虽有忮心,不怨飘瓦"[28],他现在毫不留情了,然而这是受了阎罗老子的督责之故,不得已也。一切鬼众中,就是他有点人情;我们不变鬼则已,如果要变鬼,自然就只有他可以比较的相亲近。

我至今还确凿记得,在故乡时候,和"下等人"一同,常常这样高兴地正视过这鬼而人,理而情,可怖而可爱的无常;而且欣赏他脸上的哭或笑,口头的硬语与谐谈……。

迎神时候的无常,可和演剧上的又有些不同了。他只有动作,没有言语,跟定了一个捧着一盘饭菜的小丑似的脚色走,他要去吃;他却不给他。另外还加添了两名脚色,就是"正人君子"[29]之所谓"老婆儿女"[30]。凡"下等人",都有一种通病:常喜欢以己之所欲,施之于人。虽是对于鬼,也不肯给他孤寂,凡有鬼神,大概总要给他们一对一对地配起来。无常也不在例外。所以,一个是漂亮的女人,只是很有些村妇样,大家都称她无常嫂;这样看来,无常是和我们平辈的,无怪他不摆教授先生的架子。一个是小孩子,小高帽,小白衣;虽然小,两肩却已经耸起了,眉目的外梢也向下。这分明是无常少爷了,大家却叫他阿领[31],对于他似乎都不很表敬意;猜起来,仿佛是无常嫂的前夫之子似的。但不知何以相貌又和无常有这么像?吁!鬼神之事,难言之矣,只得姑且置之弗论。至于无常何以没有亲儿女,到今年可很容易解释了:鬼神能前知,他怕儿女一多,爱说闲话的就要旁敲侧击地锻成他拿卢布,所以不但研究,还早已实行了"节育"了。

这捧着饭菜的一幕,就是"送无常"。因为他是勾魂使者,所以民间凡有一个人死掉之后,就得用酒饭恭送他。至于不给他吃,那是赛会时候的开玩笑,实际上并不然。但是,和无常开玩笑,是大家都有此意的,因为他爽直,爱发议论,有人情,——要寻真实的朋友,倒还是他妥当。

有人说,他是生人走阴,就是原是人,梦中却入冥去当差的,所以很有些人情。我还记得住在离我家不远的小屋子里的一个男人,便自称是"走无常",门外常常燃着香烛。但我看他脸上的鬼气反而多。莫非入冥做了鬼,倒会增加人气的么?吁!鬼神之事,难言之矣,这也只得姑且置之弗论了。

六月二十三日。

* * *

〔1〕 本篇最初发表于1926年7月10日《莽原》半月刊第一卷第十三期。

〔2〕 东岳大帝 道教所奉的泰山神。汉代的纬书《孝经援神契》中说:"泰山,天帝之孙也,主召人魂。"又《尔雅·释山》称"泰山为东岳"。旧时迷信传说泰山神掌管人的生死。元世祖至元二十八年(1291)尊为东岳天齐大生仁皇帝,简称东岳大帝。

〔3〕 卤簿 封建时代帝王或大臣外出时的侍从仪仗队。

〔4〕 "不胜屏营待命之至" 旧时官府对上级呈文结束处的套

语;这里用作肃立敬畏的意思。

〔5〕 樊江　绍兴县城东二十里的一个乡镇。

〔6〕 斩衰凶服　封建丧制中规定的重孝丧服,用粗麻布裁制,不缝下边。

〔7〕 纸锭　一种迷信用品,用纸或锡箔折成的元宝。旧俗认为焚化后可供死者在"阴间"使用。

〔8〕 包公殿　供奉宋代包拯(999—1062)的庙宇。旧时迷信传说,包拯死后做了阎罗十殿中第五殿的阎罗王,东岳庙或城隍庙中供有他的神像。

〔9〕 阎罗王　即下文的阎罗天子,小乘佛教所称的地狱主宰。《法苑珠林》卷十二中说:"阎罗王者,昔为毗沙国王,经与维陀如生王共战,兵力不敌,因立誓愿为地狱主。"

〔10〕 "碰壁"　在女师大学生反对校长杨荫榆的事件中,有教员阻挠学生,说"你们做事不要碰壁"。作者这里用这个词含有讽刺的意思。

〔11〕 小乘佛教　早期佛教的主要流派,注重个人修行持戒,自我解脱,与后来自称普渡无量众生的大乘教派旨趣有别,自认为是佛教的正统派。

〔12〕 焰摩天　佛教传说"欲界诸天"中的一天。佛经中又有"焰摩界",即所谓轮回六道中的饿鬼道,它的主宰者是琰魔王,也就是阎罗王。这里所说的"焰摩天",当是地狱的"焰摩界"。

〔13〕 "模范县"　这里是对陈西滢的讥讽。陈是无锡人,他在《现代评论》第二卷第三十七期(1925年8月22日)《闲话》中曾谈论过"无锡是中国的模范县"。

〔14〕 虞仲翔（164—233）　名翻，三国吴会稽余姚（今属浙江）人，经学家。他揄扬绍兴的话，见《三国志·吴书·虞翻传》注引虞预《会稽典录》："夫会稽上应牵牛之宿，下当少阳之位，东渐巨海，西通五湖，南畅无垠，北渚浙江。南山攸居，实为州镇，昔禹会群臣，因以命之。山有金木鸟兽之殷，水有鱼盐珠蚌之饶。海岳精液，善生俊异，是以忠臣继踵，孝子连闾，下及贤女，靡不育焉。"

〔15〕 "绍兴师爷"　清代官署中承办刑事判牍的幕僚叫"刑名师爷"。一般善于舞文弄法，往往能左右人的祸福；当时绍兴籍的幕僚较多，因有"绍兴师爷"之称。陈西滢在1926年1月30日《晨报副刊》上发表的《致志摩》信中曾讥讽鲁迅"有他们贵乡绍兴的刑名师爷的脾气"。

〔16〕 这几句话都出自陈西滢的《致志摩》。

〔17〕 指1925年12月陈西滢等为支持当局压迫北京女师大学生和教育界进步人士而组织的"教育界公理维持会"。

〔18〕 "一双空手见阎王"　语出《何典》："卖嘴郎中无好药，一双空手见阎王。"

〔19〕 "放冷箭"　这也是陈西滢在《致志摩》中攻击鲁迅的话："他没有一篇文章里不放几支冷箭。"

〔20〕 马面　迷信传说地狱中人身马头的狱卒。

〔21〕 墨翟（约前468—前376）　又称墨子，春秋战国之际鲁国人，曾为宋国大夫，我国古代思想家，墨家学派的创始者。所著《墨子》十五卷，其中有《大取》、《小取》两篇。《大取》篇中说："利之中取大，害之中取小也。害之中取小也，非取害也，取利也。"

〔22〕 "大戏"或者"目连戏"　都是绍兴的地方戏。清代范寅

《越谚》卷中说:"班子:唱戏成龀(班)者,有文班、武班之别。文专唱和,名高调班;武演战斗,名乱弹班。"又说:"万(按此处读'木')莲班:此专唱万莲一出戏者,百姓为之。"高调班和乱弹班就是大戏;万莲班就是目连戏。据《盂兰盆经》:目连是佛的大弟子,有大神通,尝入地狱救母。唐代已有《大目乾连冥间救母变文》,以后各种戏曲中多有目连戏。

〔23〕 张岱(1597—1689) 字宗子,号陶庵,浙江山阴(今绍兴)人,明末文学家。他在《陶庵梦忆·目连戏》中记载当时的演出情况说:"选徽州旌阳戏子,剽轻精悍,能相扑打者三四十人,搬演《目连》,凡三日三夜。"

〔24〕 "目连嗐头" 嗐头,绍兴方言,即号筒。范寅《越谚》卷中说是"铜制,长四尺"。"目连嗐头"是一种特别加长的号筒。据《越谚》卷中说:"道场及召鬼戏皆用,万莲戏为多,故名。"

〔25〕 陈念义 清代嘉庆道光年间绍兴的名医,即叶腾骧《证谛山人杂志》卷五中所记的陈念二:"陈念二者,山阴方桥人,偶忘其名字,世业医,称为妙手,远近就医者不绝。"

〔26〕 俞仲华(1794—1849),名万春,字仲华,浙江山阴(今绍兴)人。《荡寇志》,一名《结水浒传》,长篇小说,共七十回(又结子一回),写梁山泊头领全部被宋王朝剿灭。

〔27〕 "聪明正直之谓神" 语出《左传》庄公三十二年:"神,聪明正直而壹者也。"

〔28〕 "虽有忮心,不怨飘瓦" 语出《庄子·达生》:"虽有忮心者,不怨飘瓦。"用在这里的意思是说,心里虽有愤恨,却也不好怨谁了。

〔29〕 "正人君子"　这里的"正人君子"和下文的"教授先生",指当时现代评论派中的胡适、陈西滢等人。他们在1925年北京女子师范大学风潮中,站在北洋政府一边,攻击鲁迅和女师大进步师生,拥护北洋军阀的《大同晚报》在同年8月7日的一篇报导中称他们为"正人君子"。

〔30〕 "老婆儿女"　陈西滢在《现代评论》第三卷第七十四期(1926年5月8日)的《闲话》中说:"家累日重,需要日多,才智之士,也没法可想,何况一般普通人。因此,依附军阀和依附洋人便成了许多人唯一的路径,就是有些志士,也常常未能免俗。……他们自己可以捱饿,老婆子女却不能不吃饭啊!就是那些直接或间接用苏俄金钱的人,也何尝不是如此。"

〔31〕 阿领　妇女再嫁时领(带)来的同前夫所生的孩子。

从百草园到三味书屋[1]

我家的后面有一个很大的园,相传叫作百草园。现在是早已并屋子一起卖给朱文公[2]的子孙了,连那最末次的相见也已经隔了七八年,其中似乎确凿只有一些野草;但那时却是我的乐园。

不必说碧绿的菜畦,光滑的石井栏,高大的皂荚树,紫红的桑椹;也不必说鸣蝉在树叶里长吟,肥胖的黄蜂伏在菜花上,轻捷的叫天子(云雀)忽然从草间直窜向云霄里去了。单是周围的短短的泥墙根一带,就有无限趣味。油蛉在这里低唱,蟋蟀们在这里弹琴。翻开断砖来,有时会遇见蜈蚣;还有斑蝥,倘若用手指按住它的脊梁,便会拍的一声,从后窍喷出一阵烟雾。何首乌藤和木莲藤缠络着,木莲有莲房一般的果实,何首乌有拥肿的根。有人说,何首乌根是有像人形的,吃了便可以成仙,我于是常常拔它起来,牵连不断地拔起来,也曾因此弄坏了泥墙,却从来没有见过有一块根像人样。如果不怕刺,还可以摘到覆盆子,像小珊瑚珠攒成的小球,又酸又甜,色味都比桑椹要好得远。

长的草里是不去的,因为相传这园里有一条很大的赤练蛇。

长妈妈曾经讲给我一个故事听:先前,有一个读书人住在古庙里用功,晚间,在院子里纳凉的时候,突然听到有人在叫他。答应着,四面看时,却见一个美女的脸露在墙头上,向他一笑,隐去了。他很高兴;但竟给那走来夜谈的老和尚识破了机关。说他脸上有些妖气,一定遇见"美女蛇"了;这是人首蛇身的怪物,能唤人名,倘一答应,夜间便要来吃这人的肉的。他自然吓得要死,而那老和尚却道无妨,给他一个小盒子,说只要放在枕边,便可高枕而卧。他虽然照样办,却总是睡不着,——当然睡不着的。到半夜,果然来了,沙沙沙!门外像是风雨声。他正抖作一团时,却听得豁的一声,一道金光从枕边飞出,外面便什么声音也没有了,那金光也就飞回来,敛在盒子里。后来呢?后来,老和尚说,这是飞蜈蚣,它能吸蛇的脑髓,美女蛇就被它治死了。

结末的教训是:所以倘有陌生的声音叫你的名字,你万不可答应他。

这故事很使我觉得做人之险,夏夜乘凉,往往有些担心,不敢去看墙上,而且极想得到一盒老和尚那样的飞蜈蚣。走到百草园的草丛旁边时,也常常这样想。但直到现在,总还是没有得到,但也没有遇见过赤练蛇和美女蛇。叫我名字的陌生声音自然是常有的,然而都不是美女蛇。

冬天的百草园比较的无味;雪一下,可就两样了。拍雪人

单是周围的短短的泥墙根一带,就有无限趣味……

先生读书入神的时候,于我们是很相宜的……

(将自己的全形印在雪上)和塑雪罗汉需要人们鉴赏,这是荒园,人迹罕至,所以不相宜,只好来捕鸟。薄薄的雪,是不行的;总须积雪盖了地面一两天,鸟雀们久已无处觅食的时候才好。扫开一块雪,露出地面,用一枝短棒支起一面大的竹筛来,下面撒些秕谷,棒上系一条长绳,人远远地牵着,看鸟雀下来啄食,走到竹筛底下的时候,将绳子一拉,便罩住了。但所得的是麻雀居多,也有白颊的"张飞鸟"[3],性子很躁,养不过夜的。

这是闰土[4]的父亲所传授的方法,我却不太能用。明明见它们进去了,拉了绳,跑去一看,却什么都没有,费了半天力,捉住的不过三四只。闰土的父亲是小半天便能捕获几十只,装在叉袋[5]里叫着撞着的。我曾经问他得失的缘由,他只静静地笑道:你太性急,来不及等它走到中间去。

我不知道为什么家里的人要将我送进书塾里去了,而且还是全城中称为最严厉的书塾。也许是因为拔何首乌毁了泥墙罢,也许是因为将砖头抛到间壁的梁家去了罢,也许是因为站在石井栏上跳了下来罢,……都无从知道。总而言之:我将不能常到百草园了。Ade[6],我的蟋蟀们!Ade,我的覆盆子们和木莲们!……

出门向东,不上半里,走过一道石桥,便是我的先生[7]的家了。从一扇黑油的竹门进去,第三间是书房。中间挂着一块扁道:三味书屋[8];扁下面是一幅画,画着一只很肥大的梅花鹿伏在古树下。没有孔子牌位,我们便对着那扁和鹿行礼。第一次算是拜孔子,第二次算是拜先生。

067

第二次行礼时,先生便和蔼地在一旁答礼。他是一个高而瘦的老人,须发都花白了,还戴着大眼镜。我对他很恭敬,因为我早听到,他是本城中极方正,质朴,博学的人。

不知从那里听来的,东方朔[9]也很渊博,他认识一种虫,名曰"怪哉"[10],冤气所化,用酒一浇,就消释了。我很想详细地知道这故事,但阿长是不知道的,因为她毕竟不渊博。现在得到机会了,可以问先生。

"先生,'怪哉'这虫,是怎么一回事?……"我上了生书,将要退下来的时候,赶忙问。

"不知道!"他似乎很不高兴,脸上还有怒色了。

我才知道做学生是不应该问这些事的,只要读书,因为他是渊博的宿儒,决不至于不知道,所谓不知道者,乃是不愿意说。年纪比我大的人,往往如此,我遇见过好几回了。

我就只读书,正午习字,晚上对课[11]。先生最初这几天对我很严厉,后来却好起来了,不过给我读的书渐渐加多,对课也渐渐地加上字去,从三言到五言,终于到七言。

三味书屋后面也有一个园,虽然小,但在那里也可以爬上花坛去折蜡梅花,在地上或桂花树上寻蝉蜕。最好的工作是捉了苍蝇喂蚂蚁,静悄悄地没有声音。然而同窗们到园里的太多,太久,可就不行了,先生在书房里便大叫起来:

"人都到那里去了?!"

人们便一个一个陆续走回去;一同回去,也不行的。他有一条戒尺,但是不常用,也有罚跪的规则,但也不常用,普通总

不过瞪几眼,大声道:

"读书!"

于是大家放开喉咙读一阵书,真是人声鼎沸。有念"仁远乎哉我欲仁斯仁至矣"的,有念"笑人齿缺曰狗窦大开"的,有念"上九潜龙勿用"的,有念"厥土下上上错厥贡苞茅橘柚"的……。[12]先生自己也念书。后来,我们的声音便低下去,静下去了,只有他还大声朗读着:

"铁如意,指挥倜傥,一座皆惊呢~~~;金叵罗,颠倒淋漓噫,千杯未醉嗬~~~……。"[13]

我疑心这是极好的文章,因为读到这里,他总是微笑起来,而且将头仰起,摇着,向后面拗过去,拗过去。

先生读书入神的时候,于我们是很相宜的。有几个便用纸糊的盔甲套在指甲上做戏。我是画画儿,用一种叫作"荆川纸"的,蒙在小说的绣像[14]上一个个描下来,像习字时候的影写一样。读的书多起来,画的画也多起来;书没有读成,画的成绩却不少了,最成片段的是《荡寇志》和《西游记》[15]的绣像,都有一大本。后来,因为要钱用,卖给一个有钱的同窗了。他的父亲是开锡箔店的;听说现在自己已经做了店主,而且快要升到绅士的地位了。这东西早已没有了罢。

九月十八日。

*　　*　　*

〔1〕 本篇最初发表于1926年10月10日《莽原》半月刊第一卷

第十九期。

〔2〕 朱文公　即朱熹。"文"是宋宁宗赐给他的谥号。作者绍兴的老屋于1919年卖给一个姓朱的人,所以这里戏称为"卖给朱文公的子孙"。

〔3〕 "张飞鸟"　即鹡鸰。头部圆而黑,前额纯白,形似舞台上张飞的脸谱,所以浙东有的地方叫它"张飞鸟"。

〔4〕 闰土　作者小说《故乡》中的人物。原型为章运水(一说名闰水),绍兴道墟乡杜浦村(今属上虞区)人。他的父亲名福庆,是个农民,兼作竹匠,常在作者家做短工。

〔5〕 叉袋　袋口成叉角的麻袋或布袋。

〔6〕 Ade　德语,"再见"的意思。

〔7〕 我的先生　指寿怀鉴(1849—1930),字镜吾,清末秀才。

〔8〕 三味书屋　在绍兴作者故居附近,它和百草园现在都是绍兴鲁迅纪念馆的一部分。周作人(遐寿)在《鲁迅小说里的人物·百草园和三味书屋》中说:"关于三味书屋名称的意义,曾经请教过寿洙邻先生(按寿镜吾的次子、周作人的塾师),据说古人有言,'书有三味',经如米饭,史如肴馔,子如调味之料,他只记得大意如此,原名以及人物已忘记了。"宋代学者李淑《〈邯郸书目〉序》:"诗书,味之太羹,史为折俎,子为醯醢,是为三味。"

〔9〕 东方朔(前154—前93)　字曼倩,平原厌次(今山东惠民)人,西汉文学家。他是汉武帝的侍臣,善讽谏,喜诙谐,旧时关于他的传说很多。《史记·滑稽列传》附传中说他"好古传书,爱经术,多所博观外家之语"。

〔10〕 "怪哉"　传说中的一种怪虫。据《古小说钩沉·小说》:

"武帝幸甘泉宫,驰道中,有虫赤色,头目牙齿耳鼻尽具,观者莫识。帝乃使朔视之,还对曰:'此"怪哉"也。昔秦时拘系无辜,众庶愁怨,咸仰首叹曰:"怪哉怪哉!"盖感动上天愤所生也,故名"怪哉"。此地必秦之狱处。'即按地图,果秦故狱。又问:'何以去虫?'朔曰:'凡忧者得酒而解,以酒灌之当消。'于是使人取虫置酒中,须臾果糜散矣。"

〔11〕 对课 旧时学塾教学生练习对仗的一种功课,用虚实平仄的字相对,如"桃红"对"柳绿"之类。

〔12〕 这些都是旧时学塾读物中的句子。"仁远乎哉我欲仁斯仁至矣",见《论语·述而》。"笑人齿缺曰狗窦大开",见《幼学琼林·身体》。"上九潜龙勿用",见《周易·乾》,原作"初九,潜龙勿用"。"厥土下上上错厥贡苞茅橘柚",这是学生读《尚书·禹贡》时念错的句子;原作"厥田惟下下,厥赋下上上错……厥包橘柚锡贡"。

〔13〕 "铁如意"等语,是清末刘翰作《李克用置酒三垂岗赋》中的句子。原文作:"玉如意指挥倜傥,一座皆惊;金叵罗倾倒淋漓,千杯未醉。"刘翰,江苏武进人,江阴南菁书院学生。这篇赋是颂扬五代后唐李克用父子的。见王先谦编的《清嘉集初稿》卷五。

〔14〕 绣像 明清以来附在通俗小说卷首的书中人物白描画像。

〔15〕 《西游记》 长篇小说,明代吴承恩著,共一百回。

父亲的病[1]

大约十多年前罢,S城[2]中曾经盛传过一个名医的故事:

他出诊原来是一元四角,特拔十元,深夜加倍,出城又加倍。有一夜,一家城外人家的闺女生急病,来请他了,因为他其时已经阔得不耐烦,便非一百元不去。他们只得都依他。待去时,却只是草草地一看,说道"不要紧的",开一张方,拿了一百元就走。那病家似乎很有钱,第二天又来请了。他一到门,只见主人笑面承迎,道,"昨晚服了先生的药,好得多了,所以再请你来复诊一回。"仍旧引到房里,老妈子便将病人的手拉出帐外来。他一按,冷冰冰的,也没有脉,于是点点头道,"唔,这病我明白了。"从从容容走到桌前,取了药方纸,提笔写道:

"凭票付英洋[3]壹百元正。"下面是署名,画押。

"先生,这病看来很不轻了,用药怕还得重一点罢。"主人在背后说。

"可以,"他说。于是另开了一张方:

"凭票付英洋贰百元正。"下面仍是署名,画押。

这样,主人就收了药方,很客气地送他出来了。

我曾经和这名医周旋过两整年,因为他隔日一回,来诊我的父亲的病。那时虽然已经很有名,但还不至于阔得这样不耐烦;可是诊金却已经是一元四角。现在的都市上,诊金一次十元并不算奇,可是那时是一元四角已是巨款,很不容易张罗的了;又何况是隔日一次。他大概的确有些特别,据舆论说,用药就与众不同。我不知道药品,所觉得的,就是"药引"的难得,新方一换,就得忙一大场。先买药,再寻药引。"生姜"两片,竹叶十片去尖,他是不用的了。起码是芦根,须到河边去掘;一到经霜三年的甘蔗,便至少也得搜寻两三天。可是说也奇怪,大约后来总没有购求不到的。

据舆论说,神妙就在这地方。先前有一个病人,百药无效;待到遇见了什么叶天士[4]先生,只在旧方上加了一味药引:梧桐叶。只一服,便霍然而愈了。"医者,意也。"[5]其时是秋天,而梧桐先知秋气。其先百药不投,今以秋气动之,以气感气,所以……。我虽然并不了然,但也十分佩服,知道凡有灵药,一定是很不容易得到的,求仙的人,甚至于还要拚了性命,跑进深山里去采呢。

这样有两年,渐渐地熟识,几乎是朋友了。父亲的水肿是逐日利害,将要不能起床;我对于经霜三年的甘蔗之流也逐渐失了信仰,采办药引似乎再没有先前一般踊跃了。正在这时候,他有一天来诊,问过病状,便极其诚恳地说:

"我所有的学问,都用尽了。这里还有一位陈莲河[6]先生,本领比我高。我荐他来看一看,我可以写一封信。可是,病是不要紧的,不过经他的手,可以格外好得快……。"

这一天似乎大家都有些不欢,仍然由我恭敬地送他上轿。进来时,看见父亲的脸色很异样,和大家谈论,大意是说自己的病大概没有希望的了;他因为看了两年,毫无效验,脸又太熟了,未免有些难以为情,所以等到危急时候,便荐一个生手自代,和自己完全脱了干系。但另外有什么法子呢?本城的名医,除他之外,实在也只有一个陈莲河了。明天就请陈莲河。

陈莲河的诊金也是一元四角。但前回的名医的脸是圆而胖的,他却长而胖了:这一点颇不同。还有用药也不同,前回的名医是一个人还可以办的,这一回却是一个人有些办不妥帖了,因为他一张药方上,总兼有一种特别的丸散和一种奇特的药引。

芦根和经霜三年的甘蔗,他就从来没有用过。最平常的是"蟋蟀一对",旁注小字道:"要原配,即本在一窠中者。"似乎昆虫也要贞节,续弦或再醮,连做药资格也丧失了。但这差使在我并不为难,走进百草园,十对也容易得,将它们用线一缚,活活地掷入沸汤中完事。然而还有"平地木[7]十株"呢,这可谁也不知道是什么东西了,问药店,问乡下人,问卖草药的,问老年人,问读书人,问木匠,都只是摇摇头,临末才记起了那远房的叔祖,爱种一点花木的老人,跑去一问,他果然知道,是生在山中树下的一种小树,能结红子如小珊瑚珠的,普通都称为"老弗大"。

"踏破铁鞋无觅处,得来全不费工夫。"药引寻到了,然而还有一种特别的丸药:败鼓皮丸。这"败鼓皮丸"就是用打破的旧鼓皮做成;水肿一名鼓胀,一用打破的鼓皮自然就可以克伏他。清朝的刚毅因为憎恨"洋鬼子",预备打他们,练了些兵称作"虎神营"[8],取虎能食羊,神能伏鬼的意思,也就是这道理。可惜这一种神药,全城中只有一家出售的,离我家就有五里,但这却不像平地木那样,必须暗中摸索了,陈莲河先生开方之后,就恳切详细地给我们说明。

"我有一种丹,"有一回陈莲河先生说,"点在舌上,我想一定可以见效。因为舌乃心之灵苗……。价钱也并不贵,只要两块钱一盒……。"

我父亲沉思了一会,摇摇头。

"我这样用药还会不见效,"有一回陈莲河先生又说,"我想,可以请人看一看,可有什么冤愆……。医能医病,不能医命,对不对?自然,这也许是前世的事……。"

我的父亲沉思了一会,摇摇头。

凡国手,都能够起死回生的,我们走过医生的门前,常可以看见这样的扁额。现在是让步一点了,连医生自己也说道:"西医长于外科,中医长于内科。"但是S城那时不但没有西医,并且谁也还没有想到天下有所谓西医,因此无论什么,都只能由轩辕岐伯[9]的嫡派门徒包办。轩辕时候是巫医不分的,所以直到现在,他的门徒就还见鬼,而且觉得"舌乃心之灵苗"。这就是中国人的"命",连名医也无从医治的。

不肯用灵丹点在舌头上,又想不出"冤愆"来,自然,单吃了一百多天的"败鼓皮丸"有什么用呢?依然打不破水肿,父亲终于躺在床上喘气了。还请一回陈莲河先生,这回是特拔,大洋十元。他仍旧泰然的开了一张方,但已停止败鼓皮丸不用,药引也不很神妙了,所以只消半天,药就煎好,灌下去,却从口角上回了出来。

从此我便不再和陈莲河先生周旋,只在街上有时看见他坐在三名轿夫的快轿里飞一般抬过;听说他现在还康健,一面行医,一面还做中医什么学报[10],正在和只长于外科的西医奋斗哩。

中西的思想确乎有一点不同。听说中国的孝子们,一到将要"罪孽深重祸延父母"[11]的时候,就买几斤人参,煎汤灌下去,希望父母多喘几天气,即使半天也好。我的一位教医学的先生却教给我医生的职务道:可医的应该给他医治,不可医的应该给他死得没有痛苦。——但这先生自然是西医。

父亲的喘气颇长久,连我也听得很吃力,然而谁也不能帮助他。我有时竟至于电光一闪似的想道:"还是快一点喘完了罢……"立刻觉得这思想就不该,就是犯了罪;但同时又觉得这思想实在是正当的,我很爱我的父亲。便是现在,也还是这样想。

"我想,可以请人看一看,可有什么冤愆……。医能医病,不能医命,对不对?自然,这也许是前世的事……。"

我现在还听到那时的自己的这声音,每听到时,就觉得这却是我对于父亲的最大的错处。

早晨,住在一门里的衍太太[12]进来了。她是一个精通礼节的妇人,说我们不应该空等着。于是给他换衣服;又将纸锭和一种什么《高王经》[13]烧成灰,用纸包了给他捏在拳头里……。

"叫呀,你父亲要断气了。快叫呀!"衍太太说。

"父亲!父亲!"我就叫起来。

"大声!他听不见。还不快叫?!"

"父亲!!!父亲!!!"

他已经平静下去的脸,忽然紧张了,将眼微微一睁,仿佛有一些苦痛。

"叫呀!快叫呀!"她催促说。

"父亲!!!"

"什么呢?……不要嚷。……不……。"他低低地说,又较急地喘着气,好一会,这才复了原状,平静下去了。

"父亲!!!"我还叫他,一直到他咽了气。

我现在还听到那时的自己的这声音,每听到时,就觉得这却是我对于父亲的最大的错处。

十月七日。

*　　*　　*

〔1〕 本篇最初发表于1926年11月10日《莽原》半月刊第一卷第二十一期。

〔2〕 S城　这里指绍兴城。

〔3〕 英洋 即"鹰洋"。指墨西哥银元,币面铸有鹰的图案。鸦片战争后曾大量流入我国。

〔4〕 叶天士(1667—1746) 名桂,号香岩,江苏吴县人,清乾隆时名医。他的门生曾搜集其药方编成《临证指南医案》十卷。清代王友亮撰《双佩斋文集·叶天士小传》中,有以梧桐叶作药引的记载:"邻妇难产,他医业立方矣,其夫持问叶,为加梧叶一片,产立下。后有效之者,叶笑曰:'吾前用梧叶,以值立秋故耳!今何益。'其因时制宜,不拘古法多此类,虽老于医者莫能测也。"

〔5〕 "医者,意也。" 语出《后汉书·郭玉传》:"医之为言,意也。腠理至微,随气用巧。"又宋代祝穆编《古今事文类聚》前集:"唐许胤宗善医。或劝其著书,答曰:'医言意也。思虑精则得之,吾意所解,口不能宣也。'"

〔6〕 陈莲河 指何廉臣(1861—1929),当时绍兴的中医。

〔7〕 平地木 即紫金牛,常绿小灌木,一种药用植物。

〔8〕 "虎神营" 清末端郡王载漪(文中说是刚毅,似误记)创设和率领的皇室卫队。李希圣在《庚子国变记》中说:"虎神营者,虎食羊而神治鬼,所以诅之也。"

〔9〕 轩辕岐伯 指古代名医。轩辕,即黄帝,传说中的上古帝王;岐伯,传说中的上古名医。今所传著名医学古籍《黄帝内经》,是战国秦汉时医家托名黄帝与岐伯所作。其中《素问》部分,用黄帝和岐伯问答的形式讨论病理,故后来常称医术高明者为"术精岐黄"。

〔10〕 中医什么学报 指《绍兴医药月报》,1924年春创刊,何廉臣任副编辑,在第一期上发表《本报宗旨之宣言》,宣扬"国粹"。

〔11〕 "罪孽深重祸延父母" 旧时一些人在父母死后印发的讣

闻中,常有"不孝男××罪孽深重不自殒灭祸延显考(或显妣)……"等一类套话。

〔12〕 衍太太　作者从叔祖周子传的妻子。

〔13〕 《高王经》　即《高王观世音》。据《魏书·卢景裕传》:"……有人负罪当死,梦沙门教讲经。觉时如所梦,默诵千遍,临刑刀折。主者以闻,赦之。此经遂行于世,号曰《高王观世音》。"旧俗在人死时,把《高王经》烧成灰,捏在死者手里,大概即源于这类故事,意思是死者到"阴间"如受刑时可减少痛苦。

琐　　记[1]

　　衍太太现在是早经做了祖母，也许竟做了曾祖母了；那时却还年青，只有一个儿子比我大三四岁。她对自己的儿子虽然狠，对别家的孩子却好的，无论闹出什么乱子来，也决不去告诉各人的父母，因此我们就最愿意在她家里或她家的四近玩。

　　举一个例说罢，冬天，水缸里结了薄冰的时候，我们大清早起一看见，便吃冰。有一回给沈四太太[2]看到了，大声说道："莫吃呀，要肚子疼的呢！"这声音又给我母亲听到了，跑出来我们都挨了一顿骂，并且有大半天不准玩。我们推论祸首，认定是沈四太太，于是提起她就不用尊称了，给她另外起了一个绰号，叫作"肚子疼"。

　　衍太太却决不如此。假如她看见我们吃冰，一定和蔼地笑着说，"好，再吃一块。我记着，看谁吃的多。"

　　但我对于她也有不满足的地方。一回是很早的时候了，我还很小，偶然走进她家去，她正在和她的男人看书。我走近去，她便将书塞在我的眼前道，"你看，你知道这是什么？"我看那书上画着房屋,有两个人光着身子仿佛在打架,但又不很像。正迟疑间,他们便大笑起来了。这使我很不高兴,似乎受了一个极大的侮辱,不到那里去大约有十多天。一回是我已经十多岁了,和几个孩子比赛打旋子,看谁旋得多。她就从旁计着数,说道,"好,八十二个了!再旋一个,八十三!好,八十四……"但正在旋着的阿祥,忽然跌倒了,阿祥的婶母也恰恰走进来。她便接着说道,"你看,不是跌了么?不听我的话。我叫你不要旋,不要旋……。"

虽然如此,孩子们总还喜欢到她那里去。假如头上碰得肿了一大块的时候,去寻母亲去罢,好的是骂一通,再给擦一点药;坏的是没有药擦,还添几个栗凿和一通骂。衍太太却决不埋怨,立刻给你用烧酒调了水粉,搽在疙瘩上,说这不但止痛,将来还没有瘢痕。

父亲故去之后,我也还常到她家里去,不过已不是和孩子们玩耍了,却是和衍太太或她的男人谈闲天。我其时觉得很有许多东西要买,看的和吃的,只是没有钱。有一天谈到这里,她便说道,"母亲的钱,你拿来用就是了,还不就是你的么?"我说母亲没有钱,她就说可以拿首饰去变卖;我说没有首饰,她却道,"也许你没有留心。到大厨的抽屉里,角角落落去寻去,总可以寻出一点珠子这类东西……。"

这些话我听去似乎很异样,便又不到她那里去了,但有时又真想去打开大厨,细细地寻一寻。大约此后不到一月,就听到一种流言,说我已经偷了家里的东西去变卖了,这实在使我觉得有如掉在冷水里。流言的来源,我是明白的,倘是现在,只要有地方发表,我总要骂出流言家的狐狸尾巴来,但那时太年青,一遇流言,便连自己也仿佛觉得真是犯了罪,怕遇见人们的眼睛,怕受到母亲的爱抚。

好。那么,走罢!

但是,那里去呢?S城人的脸早经看熟,如此而已,连心肝也似乎有些了然。总得寻别一类人们去,去寻为S城人所诟病的人们,无论其为畜生或魔鬼。那时为全城所笑骂的是一个开得不久的学校,叫作中西学堂[3],汉文之外,又教些洋文和算学。然而已经成为众矢之的了;熟读圣贤书的秀才们,还集了"四书"[4]的句子,做一篇八股[5]来嘲诮它,这名文便即传遍了全城,人人当作有趣的话柄。我只记得那"起讲"的开头是:

"徐子以告夷子曰:吾闻用夏变夷者,未闻变于夷者也。今也不然:鴃舌之音,闻其声,皆雅言也。……"

以后可忘却了,大概也和现今的国粹保存大家的议论差不多。但我对于这中西学堂,却也不满足,因为那里面只教汉文,算学,英文和法文。功课较为别致的,还有杭州的求是书院[6],然而学费贵。

无须学费的学校在南京,自然只好往南京去。第一个进去的学校[7],目下不知道称为什么了,光复[8]以后,似乎有一时称为雷电学堂,很像《封神榜》[9]上"太极阵""混元阵"一类的名目。总之,一进仪凤门[10],便可以看见它那二十丈高的桅杆和不知多高的烟通。功课也简单,一星期中,几乎四整天是英文:"It is a cat." "Is it a rat?"〔11〕一整天是读汉文:"君子曰,颖考叔可谓纯孝也已矣,爱其母,施及庄公。"〔12〕一整天是做汉文:《知己知彼百战百胜论》,《颖考叔论》,《云从龙风从虎论》,《咬得菜根则百事可做论》。

初进去当然只能做三班生,卧室里是一桌一凳一床,床板只有两块。头二班学生就不同了,二桌二凳或三凳一床,床板多至三块。不但上讲堂时挟着一堆厚而且大的洋书,气昂昂地走着,决非只有一本"泼赖妈"〔13〕和四本《左传》〔14〕的三班生所敢正视;便是空着手,也一定将肘弯撑开,像一只螃蟹,低一班的在后面总不能走出他之前。这一种螃蟹式的名公巨卿,现在都阔别得很久了,前四五年,竟在教育部的破脚躺椅上,发见了这姿势,然而这位老爷却并非雷电学堂出身的,可见螃蟹态度,在中国也颇普遍。

可爱的是桅杆。但并非如"东邻"的"支那通"〔15〕所说,因为它"挺然翘然",又是什么的象征。乃是因为它高,乌鸦喜鹊,都只能停在它的半途的木盘上。人如果爬到顶,便可以近看狮子山,远眺莫愁湖,——但究竟是否真可以眺得那么远,我现在可委实有点记不清楚了。而且不危险,下面张着网,即使跌下来,也不过如一条小鱼落在网子里;况且自从张网以后,听说也还没有人曾经跌下来。

原先还有一个池,给学生学游泳的,这里面却淹死了两个年幼的学生。当我进去时,早填平了,不但填平,上面还造了一所小小的关帝庙。庙旁是一座焚化字纸的砖炉,炉口上方横写着四个大字道:"敬惜字纸"。只可惜那两个淹死鬼失了池子,难讨替代[16],总在左近徘徊,虽然已有"伏魔大帝关圣帝君"镇压着。办学的人大概是好心肠的,所以每年七月十五,总请一群和尚到雨天操场来放焰口[17],一个红鼻而胖的大和尚戴上毗卢帽[18],捏诀[19],念咒:"回资啰,普弥耶吽!唵耶吽!唵!耶!吽!!!"[20]

我的前辈同学被关圣帝君镇压了一整年,就只在这时候得到一点好处,——虽然我并不深知是怎样的好处。所以当这些时,我每每想:做学生总得自己小心些。

总觉得不大合适,可是无法形容出这不合适来。现在是发现了大致相近的字眼了,"乌烟瘴气",庶几乎其可也。只得走开。近来是单是走开也就不容易,"正人君子"者流会说你骂人骂到了聘书,或者是发"名士"脾气[21],给你几句正经的俏皮话。不过那时还不打紧,学生所得的津贴,第一年不过二两银子,最初三个月的试习期内是零用五百文。于是毫无问题,去考矿路学堂[22]去了,也许是矿路学堂,已经有些记不真,文凭又不在手头,更无从查考。试验并不难,录取的。

这回不是 It is a cat 了,是 Der Mann, Das Weib, Das Kind[23]。汉文仍旧是"颖考叔可谓纯孝也已矣",但外加《小学集注》[24]。论文题目也小有不同,譬如《工欲善其事必先利其器论》,是先前没有做过的。

此外还有所谓格致[25],地学,金石学,……都非常新鲜。

但是还得声明:后两项,就是现在之所谓地质学和矿物学,并非讲舆地和钟鼎碑版[26]的。只是画铁轨横断面图却有些麻烦,平行线尤其讨厌。但第二年的总办是一个新党[27],他坐在马车上的时候大抵看着《时务报》[28],考汉文也自己出题目,和教员出的很不同。有一次是《华盛顿[29]论》,汉文教员反而惴惴地来问我们道:"华盛顿是什么东西呀?……"

看新书的风气便流行起来,我也知道了中国有一部书叫《天演论》[30]。星期日跑到城南去买了来,白纸石印的一厚本,价五百文正。翻开一看,是写得很好的字,开首便道:

"赫胥黎独处一室之中,在英伦之南,背山而面野,槛外诸境,历历如在机下。乃悬想二千年前,当罗马大将恺彻[31]未到时,此间有何景物?计惟有天造草昧……"

哦!原来世界上竟还有一个赫胥黎坐在书房里那么想,而且想得那么新鲜?一口气读下去,"物竞""天择"也出来了,苏格拉第[32],柏拉图[33]也出来了,斯多噶[34]也出来了。学堂里又设立了一个阅报处,《时务报》不待言,还有《译学汇编》[35],那书面上的张廉卿[36]一流的四个字,就蓝得很可爱。

"你这孩子有点不对了,拿这篇文章去看去,抄下来去看去。"一位本家的老辈[37]严肃地对我说,而且递过一张报纸来。接来看时,"臣许应骙[38]跪奏……",那文章现在是一句也不记得了,总之是参康有为变法[39]的;也不记得可曾抄了没有。

仍然自己不觉得有什么"不对",一有闲空,就照例地吃侉饼,花生米,辣椒,看《天演论》。

但我们也曾经有过一个很不平安的时期。那是第二年,听说学校就要裁撤了。这也无怪,这学堂的设立,原是因为两江总督[40](大约是刘坤一[41]罢)听到青龙山的煤矿[42]出息好,所以开手的。待到开学时,煤矿那面却已将原先的技师辞退,换了一个不甚了然的人了。理由是:一、先前的技师薪水太贵;二、他们觉得开煤矿并不难。于是不到一年,就连煤在那里也不甚了然起来,终于是所得的煤,只能供烧那两架抽水机之用,就是抽了水掘煤,掘出煤来抽水,结一笔出入两清的账。既然开矿无利,矿路学堂自然也就无须乎开了,但是不知怎的,却又并不裁撤。到第三年我们下矿洞去看的时候,情形实在颇凄凉,抽水机当然还在转动,矿洞里积水却有半尺深,上面也点滴而下,几个矿工便在这里面鬼一般工作着。

毕业,自然大家都盼望的,但一到毕业,却又有些爽然若失。爬了几次桅,不消说不配做半个水兵;听了几年讲,下了几回矿洞,就能掘出金银铜铁锡来么?实在连自己也茫无把握,没有做《工欲善其事必先利其器论》的那么容易。爬上天空二十丈和钻下地面二十丈,结果还是一无所能,学问是"上穷碧落下黄泉,两处茫茫皆不见"[43]了。所余的还只有一条路:到外国去。

"也许你没有留心。到大厨的抽屉里,角角落落去寻去,总可以寻出一点珠子这类东西……。"

所余的还只有一条路：到外国去。

留学的事,官僚也许可了,派定五名到日本去。其中的一个因为祖母哭得死去活来,不去了,只剩了四个。日本是同中国很两样的,我们应该如何准备呢?有一个前辈同学在,比我们早一年毕业,曾经游历过日本,应该知道些情形。跑去请教之后,他郑重地说:

"日本的袜是万不能穿的,要多带些中国袜。我看纸票也不好,你们带去的钱不如都换了他们的现银。"

四个人都说遵命。别人不知其详,我是将钱都在上海换了日本的银元,还带了十双中国袜——白袜。

后来呢?后来,要穿制服和皮鞋,中国袜完全无用;一元的银圆日本早已废置不用了,又赔钱换了半元的银圆和纸票。

十月八日。

* * *

〔1〕 本篇最初发表于1926年11月25日《莽原》半月刊第一卷第二十二期。

〔2〕 沈四太太 周家的房客。

〔3〕 中西学堂 全称"绍郡中西学堂",绍兴徐树兰创办的一所私立学校,1897年(清光绪二十三年)建立。1899年秋改为绍兴府学堂,1906年改称绍兴府中学堂。

〔4〕 "四书" 即儒家经典《大学》、《中庸》、《论语》、《孟子》。北宋时程颢、程颐特别推崇《礼记》中的《大学》、《中庸》二篇,南宋朱熹又将这二篇和《论语》、《孟子》合在一起,撰写《四书章句集注》,自

此有"四书"这个名称。

〔5〕 八股 明、清科举考试时所用的一种文体。它用"四书"、"五经"中文句命题,并规定一定的格式:每篇都必须按次序分为"破题"、"承题"、"起讲"、"入手"、"前股"、"中股"、"后股"、"束股"八个段落;后面四段是正文,每段分两股,两两相对,合共八股。这里所说的"起讲",就是其中的第三段。

〔6〕 求是书院 当时浙江的一所新式高等学校,创办于1897年(清光绪二十三年)。1901年改称浙江省求是大学堂,1914年停办。

〔7〕 指江南水师学堂,创办于1890年,1913年改为海军军官学校,1915年又改为海军雷电学校。

〔8〕 光复 指1911年的辛亥革命。

〔9〕《封神榜》 即《封神演义》,神魔小说,明代许仲琳(一说陆西星)编写,共一百回。

〔10〕 仪凤门 当时南京城北的一个城门。

〔11〕 这是初级英语读本上的课文,意思是:"这是一只猫。""这是一只老鼠吗?"

〔12〕 这段话出自《左传》隐公元年,原文是:"君子曰,颍考叔,纯孝也。爱其母,施及庄公。"

〔13〕 "泼赖妈" 英语 Primer 的音译,意即初级读本。

〔14〕《左传》 即《春秋左氏传》,相传为春秋时左丘明所撰。是一部用事实补充、解释《春秋》的书。

〔15〕 "支那通" 支那,古代梵语对中国的译称。近代日本亦称中国为支那。支那通,指研究和通晓中国情况的日本人。这里是讽刺安冈秀夫。他在《从小说看来的支那民族性》一书中,说中国人"耽

享乐而淫风炽盛",连食物也都与性有关,如喜欢吃笋,就"是因为那挺然翘然的姿势,引起想像来"的原故。

〔16〕 讨替代　即找替死鬼。旧时迷信认为横死的人所变的"鬼",必须设法使别人也以同样方式死亡,这样他才得投生,叫作讨替代。

〔17〕 放焰口　旧俗于夏历七月十五日(同日也是道教中元节)晚上请和尚结盂兰盆会,诵经施食,称为放焰口。盂兰盆,梵语 Ullambana 的音译,"救倒悬"的意思;焰口,饿鬼名。

〔18〕 毗卢帽　放焰口时,主座大和尚所戴的一种绣有毗卢佛像的帽子。

〔19〕 捏诀　和尚诵念诀语时的一种手势。

〔20〕 这些是《瑜伽焰口施食要集》中咒文的梵语音译。

〔21〕 发"名士"脾气　这是顾颉刚挖苦鲁迅的话,当时他们同在厦门大学教书。

〔22〕 矿路学堂　全称江南陆师学堂附设矿务铁路学堂。创办于1898年10月,1902年1月停办。

〔23〕 这是初级德语读本上的课文,意思是:"男人,女人,孩子。"

〔24〕 《小学集注》　宋代朱熹辑,明代陈选注,共八卷。旧时学塾中所常用的一种初级读物,内容系辑录古书中的片段,分类编成四内篇:《立教》、《明伦》、《敬身》、《稽古》;二外篇:《嘉言》、《善行》。

〔25〕 格致　"格物致知"的简称。《礼记·大学》有"致知在格物,物格而后知至"的话。格,推究。清末曾用"格致"统称物理、化学等学科。作者在矿路学堂读书时的"格致学"指物理科。

〔26〕 舆地,即地,这里指地理学。钟鼎碑版,指古代铜器、石刻;研究这些文物的形制、文字或图画的,叫金石学。

〔27〕 新党　清末对主张或倾向维新的人的称呼;辛亥革命前后,也用来称呼革命党人及拥护革命的人。这里指当时矿务铁路学堂总办俞明震(1860—1918),浙江绍兴人,光绪进士,1901年以江苏候补道委任江南陆军矿路学堂督办。

〔28〕 《时务报》　旬刊,梁启超等主编,当时宣传变法维新的主要期刊之一。1896年8月由黄遵宪、汪康年创办于上海,1898年7月底改为官报,8月出至第六十九期停刊。

〔29〕 华盛顿(G. Washington,1732—1799)　即乔治·华盛顿,美国政治家。他领导1775年至1783年美国反对英国殖民统治的独立战争,胜利后任美国第一任总统。

〔30〕 《天演论》　英国赫胥黎(T. Huxley,1825—1895)《进化论与伦理学及其他论文》中的前两篇,严复译述。1898年(清光绪二十四年)由湖北沔阳卢氏木刻印行,为"慎始基斋丛书"之一;1901年又由富文书局石印出版。其前半部着重解释自然现象,宣传物竞天择;后半部着重解释社会现象,宣扬优胜劣败的社会思想。这书对当时我国知识界曾发生很大的影响。

〔31〕 恺彻(G. J. Caesar,前100—前44)　通译恺撒,古罗马统帅,曾两次渡海侵入不列颠(英国)。

〔32〕 苏格拉第(Sokrates,前469—前399)　通译苏格拉底,古希腊哲学家。

〔33〕 柏拉图(Platon,前427—前347)　古希腊哲学家,苏格拉底的弟子。

〔34〕 斯多噶(Stoikoi) 指斯多噶派,一译画廊派或斯多亚派,约公元前四世纪产生于古希腊,中经传播演变,存在到公元二世纪的一个哲学派别。

〔35〕 《译学汇编》 当为《译书汇编》,月刊,1900年12月6日在日本创刊。它是我国留日学生最早出版的一种杂志,分期译载东西各国政治法律名著,如卢骚的《民约论》,孟德斯鸠的《万法精理》等。后改名《政治学报》。

〔36〕 张廉卿(1823—1894) 名裕钊,字廉卿,湖北武昌人,清代古文家、书法家。道光举人,曾任内阁中书。后在江宁、湖北等地书院授徒。

〔37〕 本家的老辈 当指作者的叔祖周庆蕃(1845—1917),字椒生,光绪二年举人,时任江南水师学堂监督。

〔38〕 许应骙(?—1903) 字筠庵,广东番禺人,清光绪年间曾任礼部尚书,当时反对维新运动的顽固分子之一。这里所说的文章,指1898年6月22日(清光绪二十四年五月四日)他的《明白回奏并请斥逐工部主事康有为折》,见同年7月12日《申报》。

〔39〕 康有为变法 康有为于1898年(戊戌)与梁启超、谭嗣同等由光绪帝任用参预政事,试图变法;从同年6月11日光绪颁布变法维新的诏令,到9月21日以慈禧为首的封建顽固派发动政变,变法失败,共历时一百零三日,故又称戊戌变法或百日维新。

〔40〕 两江总督 总督,清代地方最高军政长官。两江总督在清初管辖江南和江西两省。清康熙六年(1667)江南省分为江苏、安徽两省,仍与江西省并归两江总督管辖。

〔41〕 刘坤一(1830—1902) 字岘庄,湖南新宁人。1879年全

1901年间数任两江总督,是当时官僚中倾向维新的人物之一。

〔42〕 青龙山的煤矿 在今南京官塘煤矿象山矿区。作者等当年所下的矿洞即今象山矿区的古井。

〔43〕 这是唐代白居易《长恨歌》中的诗句。碧落,指天上;黄泉,指地下。

藤 野 先 生[1]

东京也无非是这样。上野[2]的樱花烂熳的时节,望去确也像绯红的轻云,但花下也缺不了成群结队的"清国留学生"的速成班[3],头顶上盘着大辫子,顶得学生制帽的顶上高高耸起,形成一座富士山[4]。也有解散辫子,盘得平的,除下帽来,油光可鉴,宛如小姑娘的发髻一般,还要将脖子扭几扭。实在标致极了。

中国留学生会馆的门房里有几本书买,有时还值得去一转;倘在上午,里面的几间洋房里倒也还可以坐坐的。但到傍晚,有一间的地板便常不免要咚咚咚地响得震天,兼以满房烟尘斗乱;问问精通时事的人,答道,"那是在学跳舞。"

到别的地方去看看,如何呢?

我就往仙台[5]的医学专门学校去。从东京出发,不久便到一处驿站,写道:日暮里。不知怎地,我到现在还记得这名目。其次却只记得水户[6]了,这是明的遗民朱舜水[7]先生客死的地方。仙台是一个市镇,并不大;冬天冷得利害;还没有中国的学生。

大概是物以希为贵罢。北京的白菜运往浙江,便用红头绳系住菜根,倒挂在水果店头,尊为"胶菜";福建野生着的芦荟,一到北京就请进温室,且美其名曰"龙舌兰"。我到仙台也颇受了这样的优待,不但学校不收学费,几个职员还为我的食宿操心。我先是住在监狱旁边一个客店[8]里的,初冬已经颇冷,蚊子却还多,后来用被盖了全身,用衣服包了头脸,只留两个鼻孔出气。在这呼吸不息的地方,蚊子竟无从插嘴,居然睡安稳了。饭食也不坏。但一位先生却以为这客店也包办囚人的饭食,我住在那里不相宜,几次三番,几次三番地说。我虽然觉得客店兼办囚人的饭食和我不相干,然而好意难却,也只得别寻相宜的住处了。于是搬到别一家[9],离监狱也很远,可惜每天总要喝难以下咽的芋梗汤[10]。

从此就看见许多陌生的先生,听到许多新鲜的讲义。解剖学是两个教授分任的。最初是骨学。其时进来的是一个黑瘦的先生,八字须,戴着眼镜,挟着一叠大大小小的书。一将书放在讲台上,便用了缓慢而很有顿挫的声调,向学生介绍自己道:

"我就是叫作藤野严九郎[11]的⋯⋯。"

后面有几个人笑起来了。他接着便讲述解剖学在日本发达的历史,那些大大小小的书,便是从最初到现今关于这一门学问的著作。起初有几本是线装的;还有翻刻中国译本的,他们的翻译和研究新的医学,并不比中国早。

那坐在后面发笑的是上学年不及格的留级学生,在校已经一年,掌故颇为熟悉的了。他们便给新生讲演每个教授的历史。这藤野先生,据说是穿衣服太模胡了,有时竟会忘记带领结;冬天是一件旧外套,寒颤颤的,有一回上火车去,致使管车的疑心他是扒手,叫车里的客人大家小心些。

他们的话大概是真的,我就亲见他有一次上讲堂没有带领结。

过了一星期,大约是星期六,他使助手来叫我了。到得研究室,见他坐在人骨和许多单独的头骨中间,——他其时正在研究着头骨,后来有一篇论文在本校的杂志上发表出来。

"我的讲义,你能抄下来么?"他问。

"可以抄一点。"

"拿来我看!"

我交出所抄的讲义去,他收下了,第二三天便还我,并且说,此后每一星期要送给他看一回。我拿下来打开看时,很吃了一惊,同时也感到一种不安和感激。原来我的讲义已经从头到末,都用红笔添改过了,不但增加了许多脱漏的地方,连文法的错误,也都一一订正。这样一直继续到教完了他所担任的功课:骨学,血管学,神经学。

可惜我那时太不用功,有时也很任性。还记得有一回藤野先生将我叫到他的研究室里去,翻出我那讲义上的一个图来,是下臂的血管,指着,向我和蔼的说道:

"你看,你将这条血管移了一点位置了。——自然,这样一移,的确比较的好看些,然而解剖图不是美术,实物是那么样的,我们没法改换它。现在我给你改好了,以后你要全照着黑板上那样的画。"

但是我还不服气,口头答应着,心里却想道:

"图还是我画的不错;至于实在的情形,我心里自然记得的。"

学年试验完毕之后,我便到东京玩了一夏天,秋初再回学校,成绩早已发表了,同学一百余人之中,我在中间,不过是没有落第。这回藤野先生所担任的功课,是解剖实习和局部解剖学。

解剖实习了大概一星期,他又叫我去了,很高兴地,仍用了极有抑扬的声调对我说道:

"我因为听说中国人是很敬重鬼的,所以很担心,怕你不肯解剖尸体。现在总算放心了,没有这回事。"

但他也偶有使我很为难的时候。他听说中国的女人是裹脚的,但不知道详细,所以要问我怎么裹法,足骨变成怎样的畸形,还叹息道,"总要看一看才知道。究竟是怎么一回事呢?"

有一天,本级的学生会干事到我寓里来了,要借我的讲义看。我检出来交给他们,却只翻检了一通,并没有带走。但他们一走,邮差就送到一封很厚的信,拆开看时,第一句是:

"你改悔罢!"

这是《新约》[12]上的句子罢,但经托尔斯泰新近引用过的。其时正值日俄战争[13],托老先生便写了一封给俄国和

"你看,你将这条血管移了一点位置了。——自然,这样一移,的确比较的好看些,然而解剖图不是美术……"

他的性格,在我的眼里和心里是伟大的,虽然他的姓名并不为许多人所知道。

日本的皇帝的信[14],开首便是这一句。日本报纸上很斥责他的不逊,爱国青年也愤然,然而暗地里却早受了他的影响了。其次的话,大略是说上年解剖学试验的题目,是藤野先生在讲义上做了记号,我预先知道的,所以能有这样的成绩。末尾是匿名。

我这才回忆到前几天的一件事。因为要开同级会,干事便在黑板上写广告,末一句是"请全数到会勿漏为要",而且在"漏"字旁边加了一个圈。我当时虽然觉到圈得可笑,但是毫不介意,这回才悟出那字也在讥刺我了,犹言我得了教员漏泄出来的题目。

我便将这事告知了藤野先生;有几个和我熟识的同学也很不平,一同去诘责干事托辞检查的无礼,并且要求他们将检查的结果,发表出来。终于这流言消灭了,干事却又竭力运动,要收回那一封匿名信去。结末是我便将这托尔斯泰式的信退还了他们。

中国是弱国,所以中国人当然是低能儿,分数在六十分以上,便不是自己的能力了:也无怪他们疑惑。但我接着便有参观枪毙中国人的命运了。第二年添教霉菌学,细菌的形状是全用电影[15]来显示的,一段落已完而还没有到下课的时候,便影几片时事的片子,自然都是日本战胜俄国的情形。但偏有中国人夹在里边:给俄国人做侦探,被日本军捕获,要枪毙了,围着看的也是一群中国人;在讲堂里的还有一个我。

"万岁!"他们都拍掌欢呼起来。

这种欢呼,是每看一片都有的,但在我,这一声却特别听得刺耳。此后回到中国来,我看见那些闲看枪毙犯人的人们,他们也何尝不酒醉似的喝采,——呜呼,无法可想!但在那时那地,我的意见却变化了。

到第二学年的终结,我便去寻藤野先生,告诉他我将不学医学,并且离开这仙台。他的脸色仿佛有些悲哀,似乎想说话,但竟没有说。

"我想去学生物学,先生教给我的学问,也还有用的。"其实我并没有决意要学生物学,因为看得他有些凄然,便说了一个慰安他的谎话。

"为医学而教的解剖学之类,怕于生物学也没有什么大帮助。"他叹息说。

将走的前几天,他叫我到他家里去,交给我一张照相,后面写着两个字道:"惜别",还说希望将我的也送他。但我这时适值没有照相了;他便叮嘱我将来照了寄给他,并且时时通信告诉他此后的状况。

我离开仙台之后,就多年没有照过相,又因为状况也无聊,说起来无非使他失望,便连信也怕敢写了。经过的年月一多,话更无从说起,所以虽然有时想写信,却又难以下笔,这样的一直到现在,竟没有寄过一封信和一张照片。从他那一面看起来,是一去之后,杳无消息了。

但不知怎地,我总还时时记起他,在我所认为我师的之中,他是最使我感激,给我鼓励的一个。有时我常常想:他的对于我的热心的希望,不倦的教诲,小而言之,是为中国,就是希望中国有新的医学;大而言之,是为学术,就是希望新的医学传到中国去。他的性格,在我的眼里和心里是伟大的,虽然他的姓名并不为许多人所知道。

他所改正的讲义,我曾经订成三厚本,收藏着的,将作为永久的纪念。不幸七年前迁居[16]的时候,中途毁坏了一口书箱,失去半箱书,恰巧这讲义也遗失在内了。责成运送局去找寻,寂无回信。只有他的照相至今还挂在我北京寓居的东墙上,书桌对面。每当夜间疲倦,正想偷懒时,仰面在灯光中瞥见他黑瘦的面貌,似乎正要说出抑扬顿挫的话来,便使我忽又良心发现,而且增加勇气了,于是点上一枝烟,再继续写些为"正人君子"之流所深恶痛疾的文字。

十月十二日。

*　　*　　*

[1] 本篇最初发表于1926年12月10日《莽原》半月刊第一卷第二十三期。

[2] 上野　日本东京的公园,以樱花著名。

[3] 速成班　指东京弘文学院速成班。当时初到日本的我国留学生,一般先在这里学习日语等课程。

[4] 富士山　日本最高的山峰,著名火山,位于本州岛中南部。

[5] 仙台　日本本州岛东北部的城市,宫城县首府。1904年至1906年作者曾在这里习医。

〔6〕 水户 日本本州岛东部的城市,位于东京与仙台之间,旧为水户藩的都城。

〔7〕 朱舜水(1600—1682) 名之瑜,号舜水,浙江余姚人,明末思想家。明亡后曾进行反清复明活动,失败后长住日本讲学,客死水户。

〔8〕 指"佐藤屋",二层木质楼房,在片平丁宫城监狱旁边。房主为佐藤喜东治。

〔9〕 指"宫川宅",在土樋町一百五十八番地。房主为宫川信哉。

〔10〕 芋梗汤 日本人用芋梗等物和酱料做成的汤。

〔11〕 藤野严九郎(1874—1945) 日本福井县人。1896年在爱知县立医学专门学校毕业后,即在该校任教;1901年转任仙台医学专门学校讲师,1904年升任教授。1915年回乡自设诊所行医。作者逝世后他曾作《谨忆周树人君》一文(载日本《文学指南》1937年3月号)。

〔12〕 《新约》 《新约全书》的简称,基督教《圣经》的后一部分。内容主要是记载耶稣及其门徒的言行。

〔13〕 日俄战争 指1904年2月至1905年9月,日本帝国主义和沙皇俄国为争夺在我国东北地区和朝鲜的侵略权益而进行的一次帝国主义战争。这次战争主要在我国境内进行,使我国人民遭受巨大的灾难。

〔14〕 列夫·托尔斯泰写给俄国和日本皇帝的信,刊载于1904年6月27日伦敦《泰晤士报》;两个月后,译载于日本《平民新闻》。

〔15〕 电影 这里指幻灯片。

〔16〕 七年前迁居 指1919年12月作者从绍兴搬家到北京。

范　爱　农[1]

在东京的客店里,我们大抵一起来就看报。学生所看的多是《朝日新闻》和《读卖新闻》[2],专爱打听社会上琐事的就看《二六新闻》。一天早晨,劈头就看见一条从中国来的电报,大概是:

"安徽巡抚[3]恩铭被 Jo Shiki Rin 刺杀,刺客就擒。"

大家一怔之后,便容光焕发地互相告语,并且研究这刺客是谁,汉字是怎样三个字。但只要是绍兴人,又不专看教科书的,却早已明白了。这是徐锡麟[4],他留学回国之后,在做安徽候补道[5],办着巡警事务,正合于刺杀巡抚的地位。

大家接着就预测他将被极刑,家族将被连累。不久,秋瑾[6]姑娘在绍兴被杀的消息也传来了,徐锡麟是被挖了心,给恩铭的亲兵炒食净尽。人心很愤怒。有几个人便秘密地开一个会,筹集川资;这时用得着日本浪人[7]了,撕乌贼鱼下酒,慷慨一通之后,他便登程去接徐伯荪的家属去。

照例还有一个同乡会,吊烈士,骂满洲;此后便有人主张打电报到北京,痛斥满政府的无人道。会众即刻分成两派:一

派要发电,一派不要发。我是主张发电的,但当我说出之后,即有一种钝滞的声音跟着起来:

"杀的杀掉了,死的死掉了,还发什么屁电报呢。"

这是一个高大身材,长头发,眼球白多黑少的人,看人总像在渺视。他蹲在席子上,我发言大抵就反对;我早觉得奇怪,注意着他的了,到这时才打听别人:说这话的是谁呢,有那么冷?认识的人告诉我说:他叫范爱农[8],是徐伯荪的学生。

我非常愤怒了,觉得他简直不是人,自己的先生被杀了,连打一个电报还害怕,于是便坚执地主张要发电,同他争起来。结果是主张发电的居多数,他屈服了。其次要推出人来拟电稿。

"何必推举呢?自然是主张发电的人啰~~~。"他说。

我觉得他的话又在针对我,无理倒也并非无理的。但我便主张这一篇悲壮的文章必须深知烈士生平的人做,因为他比别人关系更密切,心里更悲愤,做出来就一定更动人。于是又争起来。结果是他不做,我也不做,不知谁承认做去了;其次是大家走散,只留下一个拟稿的和一两个干事,等候做好之后去拍发。

从此我总觉得这范爱农离奇,而且很可恶。天下可恶的人,当初以为是满人,这时才知道还在其次;第一倒是范爱农。中国不革命则已,要革命,首先就必须将范爱农除去。

然而这意见后来似乎逐渐淡薄,到底忘却了,我们从此也没有再见面。直到革命的前一年,我在故乡做教员,大概是春

末时候罢,忽然在熟人的客座上看见了一个人,互相熟视了不过两三秒钟,我们便同时说:

"哦哦,你是范爱农!"

"哦哦,你是鲁迅!"

不知怎地我们便都笑了起来,是互相的嘲笑和悲哀。他眼睛还是那样,然而奇怪,只这几年,头上却有了白发了,但也许本来就有,我先前没有留心到。他穿着很旧的布马褂,破布鞋,显得很寒素。谈起自己的经历来,他说他后来没有了学费,不能再留学,便回来了。回到故乡之后,又受着轻蔑,排斥,迫害,几乎无地可容。现在是躲在乡下,教着几个小学生糊口。但因为有时觉得很气闷,所以也趁了航船进城来。

他又告诉我现在爱喝酒,于是我们便喝酒。从此他每一进城,必定来访我,非常相熟了。我们醉后常谈些愚不可及的疯话,连母亲偶然听到了也发笑。一天我忽而记起在东京开同乡会时的旧事,便问他:

"那一天你专门反对我,而且故意似的,究竟是什么缘故呢?"

"你还不知道?我一向就讨厌你的,——不但我,我们。"

"你那时之前,早知道我是谁么?"

"怎么不知道。我们到横滨[9],来接的不就是子英[10]和你么?你看不起我们,摇摇头,你自己还记得么?"

我略略一想,记得的,虽然是七八年前的事。那时是子英来约我的,说到横滨去接新来留学的同乡。汽船一到,看见一

109

大堆,大概一共有十多人,一上岸便将行李放到税关上去候查检,关吏在衣箱中翻来翻去,忽然翻出一双绣花的弓鞋来,便放下公事,拿着子细地看。我很不满,心里想,这些鸟男人,怎么带这东西来呢。自己不注意,那时也许就摇了摇头。检验完毕,在客店小坐之后,即须上火车。不料这一群读书人又在客车上让起坐位来了,甲要乙坐在这位上,乙要丙去坐,揖让未终,火车已开,车身一摇,即刻跌倒了三四个。我那时也很不满,暗地里想:连火车上的坐位,他们也要分出尊卑来……。自己不注意,也许又摇了摇头。然而那群雍容揖让的人物中就有范爱农,却直到这一天才想到。岂但他呢,说起来也惭愧,这一群里,还有后来在安徽战死的陈伯平[11]烈士,被害的马宗汉[12]烈士;被囚在黑狱里,到革命后才见天日而身上永带着匪刑的伤痕的也还有一两人。而我都茫无所知,摇着头将他们一并运上东京了。徐伯荪虽然和他们同船来,却不在这车上,因为他在神户[13]就和他的夫人坐车走了陆路了。

我想我那时摇头大约有两回,他们看见的不知道是那一回。让坐时喧闹,检查时幽静,一定是在税关上的那一回了,试问爱农,果然是的。

"我真不懂你们带这东西做什么?是谁的?"

"还不是我们师母的?"他瞪着他多白的眼。

"到东京就要假装大脚,又何必带这东西呢?"

"谁知道呢?你问她去。"

到冬初,我们的景况更拮据了,然而还喝酒,讲笑话。忽然是武昌起义[14]，接着是绍兴光复[15]。第二天爱农就上城来，戴着农夫常用的毡帽，那笑容是从来没有见过的。

"老迅，我们今天不喝酒了。我要去看看光复的绍兴。我们同去。"

我们便到街上去走了一通，满眼是白旗。然而貌虽如此，内骨子是依旧的，因为还是几个旧乡绅所组织的军政府，什么铁路股东是行政司长，钱店掌柜是军械司长……。这军政府也到底不长久，几个少年一嚷，王金发[16]带兵从杭州进来了，但即使不嚷或者也会来。他进来以后，也就被许多闲汉和新进的革命党所包围，大做王都督[17]。在衙门里的人物，穿布衣来的，不上十天也大概换上皮袍子了，天气还并不冷。

我被摆在师范学校校长的饭碗旁边，王都督给了我校款二百元。爱农做监学，还是那件布袍子，但不大喝酒了，也很少有工夫谈闲天。他办事，兼教书，实在勤快得可以。

"情形还是不行，王金发他们。"一个去年听过我的讲义的少年来访问我，慷慨地说，"我们要办一种报[18]来监督他们。不过发起人要借用先生的名字。还有一个是子英先生，一个是德清[19]先生。为社会，我们知道你决不推却的。"

我答应他了。两天后便看见出报的传单，发起人诚然是三个。五天后便见报，开首便骂军政府和那里面的人员；此后是骂都督，都督的亲戚，同乡，姨太太……。

这样地骂了十多天,就有一种消息传到我的家里来,说都督因为你们诈取了他的钱,还骂他,要派人用手枪来打死你们了。

别人倒还不打紧,第一个着急的是我的母亲,叮嘱我不要再出去。但我还是照常走,并且说明,王金发是不来打死我们的,他虽然绿林大学[20]出身,而杀人却不很轻易。况且我拿的是校款,这一点他还能明白的,不过说说罢了。

果然没有来杀。写信去要经费,又取了二百元。但仿佛有些怒意,同时传令道:再来要,没有了!

不过爱农得到了一种新消息,却使我很为难。原来所谓"诈取"者,并非指学校经费而言,是指另有送给报馆的一笔款。报纸上骂了几天之后,王金发便叫人送去了五百元。于是乎我们的少年们便开起会议来,第一个问题是:收不收?决议曰:收。第二个问题是:收了之后骂不骂?决议曰:骂。理由是:收钱之后,他是股东;股东不好,自然要骂。

我即刻到报馆去问这事的真假。都是真的。略说了几句不该收他钱的话,一个名为会计的便不高兴了,质问我道:

"报馆为什么不收股本?"

"这不是股本……。"

"不是股本是什么?"

我就不再说下去了,这一点世故是早已知道的,倘我再说出连累我们的话来,他就会面斥我太爱惜不值钱的生命,不肯为社会牺牲,或者明天在报上就可以看见我怎样怕死发抖的记载。

我们便到街上去走了一通,满眼是白旗。然而貌虽如此,内骨子是依旧的……

……自己说是不会掉下去的。但他掉下去了,虽然能浮水,却从此不起来。

然而事情很凑巧,季茀[21]写信来催我往南京了。爱农也很赞成,但颇凄凉,说:

"这里又是那样,住不得。你快去罢……。"

我懂得他无声的话,决计往南京。先到都督府去辞职,自然照准,派来了一个拖鼻涕的接收员,我交出账目和余款一角又两铜元,不是校长了。后任是孔教会[22]会长傅力臣。

报馆案[23]是我到南京后两三个星期了结的,被一群兵们捣毁。子英在乡下,没有事;德清适值在城里,大腿上被刺了一尖刀。他人怒了。自然,这是很有些痛的,怪他不得。他大怒之后,脱下衣服,照了一张照片,以显示一寸来宽的刀伤,并且做一篇文章叙述情形,向各处分送,宣传军政府的横暴。我想,这种照片现在是大约未必还有人收藏着了,尺寸太小,刀伤缩小到几乎等于无,如果不加说明,看见的人一定以为是带些疯气的风流人物的裸体照片,倘遇见孙传芳[24]大帅,还怕要被禁止的。

我从南京移到北京的时候,爱农的学监也被孔教会会长的校长设法去掉了。他又成了革命前的爱农。我想为他在北京寻一点小事做,这是他非常希望的,然而没有机会。他后来便到一个熟人的家里去寄食,也时时给我信,景况愈困穷,言辞也愈凄苦。终于又非走出这熟人的家不可,便在各处飘浮。不久,忽然从同乡那里得到一个消息,说他已经掉在水里,淹死了。

我疑心他是自杀。因为他是浮水的好手,不容易淹死的。

夜间独坐在会馆里,十分悲凉,又疑心这消息并不确,但无端又觉得这是极其可靠的,虽然并无证据。一点法子都没有,只做了四首诗[25],后来曾在一种日报上发表,现在是将要忘记完了。只记得一首里的六句,起首四句是:"把酒论天下,先生小酒人。大圜犹酩酊,微醉合沉沦。"中间忘掉两句,末了是"旧朋云散尽,余亦等轻尘。"

后来我回故乡去,才知道一些较为详细的事。爱农先是什么事也没得做,因为大家讨厌他。他很困难,但还喝酒,是朋友请他的。他已经很少和人们来往,常见的只剩下几个后来认识的较为年青的人了,然而他们似乎也不愿意多听他的牢骚,以为不如讲笑话有趣。

"也许明天就收到一个电报,拆开来一看,是鲁迅来叫我的。"他时常这样说。

一天,几个新的朋友约他坐船去看戏,回来已过夜半,又是大风雨,他醉着,却偏要到船舷上去小解。大家劝阻他,也不听,自己说是不会掉下去的。但他掉下去了,虽然能浮水,却从此不起来。

第二天打捞尸体,是在菱荡里找到的,直立着。

我至今不明白他究竟是失足还是自杀[26]。

他死后一无所有,遗下一个幼女和他的夫人。有几个人想集一点钱作他女孩将来的学费的基金,因为一经提议,即有族人来争这笔款的保管权,——其实还没有这笔款,——大家觉得无聊,便无形消散了。

现在不知他唯一的女儿景况如何？倘在上学，中学已该毕业了罢。

十一月十八日。

※　　　※　　　※

〔1〕　本篇最初发表于1926年12月25日《莽原》半月刊第一卷第二十四期。

〔2〕　《朝日新闻》和《读卖新闻》　日本报纸。下文的《二六新闻》应为《二六新报》，以刊载耸人听闻的新闻报道著称。1907年7月8日和9日的东京《朝日新闻》，都载有报道徐锡麟刺杀恩铭一案的新闻。

〔3〕　巡抚　清代的省级最高官员。

〔4〕　徐锡麟（1873—1907）　字伯荪，浙江绍兴人，清末革命团体光复会的重要成员。1905年，在绍兴创办大通师范学堂，培植反清革命骨干。1906年春，为便于从事革命活动，筹资捐了候补道，同年秋被分发到安徽；1907年与秋瑾准备在浙皖两省同时起义，7月6日（清光绪三十三年五月二十六日），他以安徽巡警处会办兼巡警学堂监督身份为掩护，乘巡警学堂举行毕业典礼之机，刺杀安徽巡抚恩铭，并率少数学生攻占军械局，弹尽被捕，当天即遭杀害。

〔5〕　候补道　即候补道员。道员是清代官名，分总管省以下、府州以上一个行政区域职务的道员和专管一省特定职务的道员。据清代官制，通过科举或捐纳等途径都可以取得道员官衔，但不一定有实际职务。一般没有实际职务的道员，由吏部抽签分发到某部或某省，听候差委，称为候补道。

〔6〕 秋瑾(1875—1907)　字璿卿,号竞雄,别署鉴湖女侠,浙江绍兴人。1904年赴日本留学,积极参加留日学生的革命活动,先后加入光复会、同盟会。1906年春回国。1907年在绍兴主持大通师范学堂,组织光复军,和徐锡麟分头准备在安徽、浙江两省起义。徐锡麟起义失败后,她于7月14日被清政府逮捕,次日晨在绍兴轩亭口就义。

〔7〕 日本浪人　指日本幕府时代失去禄位、四处流浪的武士。江户时代(1603—1867),随着幕府体制的瓦解,一时浪人激增。他们无固定职业,常受雇于人,从事各种好勇斗狠的活动,日本帝国主义向外侵略时,常以浪人为先锋。

〔8〕 范爱农(1883—1912)　名肇基,字斯年,号爱农,浙江绍兴人。1912年7月10日与绍兴《民兴日报》友人游湖时淹死。

〔9〕 横滨　日本本州岛中南部港口城市,神奈川县首府,在东京湾西岸。

〔10〕 子英　姓陈名濬(1882—1950),字子英,浙江绍兴人。

〔11〕 陈伯平(1885—1907)　原名渊,字墨峰,自号"光复子",浙江绍兴人。他是大通师范学堂的学生,曾两次赴日本学警务和制造炸弹。1907年6月与马宗汉同赴安徽参加徐锡麟的起义活动,起事时在军械局的战斗中阵亡。

〔12〕 马宗汉(1884—1907)　名纯昌,字子畦,自号"宗汉子",浙江余姚人。1905年去日本留学,次年回国。1907年6月赴安徽参加徐锡麟的起义活动,起事中据守军械局,弹尽被捕,备受酷刑后于8月24日就义。

〔13〕 神户　日本本州岛西南部港口城市,兵库县首府。在大阪湾西北岸。

〔14〕 武昌起义　即辛亥革命。1911年10月10日在武昌由同盟会等领导的推翻清王朝的武装起义。

〔15〕 绍兴光复　据《中国革命记》第三册(1911年上海自由社编印)记载：辛亥九月十四日(1911年11月4日)"绍兴府闻杭州为民军占领，即日宣布光复"。

〔16〕 王金发(1883—1915)　名逸，字季高，浙江嵊县人。原为浙东洪门会党平阳党的首领，后由光复会创始人陶成章介绍加入该会。1911年11月10日，他率领光复军进入绍兴，11日成立绍兴军政分府，自任都督。"二次革命"失败后，在1915年7月13日被督理浙江军务朱瑞杀害于杭州。

〔17〕 都督　官名。辛亥革命时为地方最高军政长官。以后改称督军。

〔18〕 指《越铎日报》，1912年1月3日在绍兴创刊，1912年8月1日被捣毁。作者是该报发起人之一，并曾为撰写《〈越铎〉出世辞》(收入《集外集拾遗补编》)。

〔19〕 德清　孙德卿(1868—1932)，浙江绍兴人。当时的一个开明绅士，曾参加反清革命运动。

〔20〕 绿林大学　西汉末年王匡、王凤等率领农民在绿林山(今湖北当阳东北)起义，号"绿林兵"；"绿林"的名称即起源于此，后来用以泛指聚众山林反抗官府或劫掠财物的人们。王金发曾领导浙东洪门会党平阳党，号称万人，故作者在这里戏称他是"绿林大学出身"。

〔21〕 季茀　许寿裳(1883—1948)，字季黻，浙江绍兴人，教育家。作者留学日本弘文学院时的同学，后又在教育部、北京女子师范大学、广东中山大学等处同事多年，与作者交谊甚笃。著有《我所认识

119

的鲁迅》、《亡友鲁迅印象记》等。抗日战争胜利后,在台湾大学任教。由于他倾向民主和宣传鲁迅,致遭国民党当局所忌,在1948年2月18日深夜被刺杀于台北。此处所说"写信来催我往南京",是指他受当时教育总长蔡元培之托,邀作者去南京教育部任职。

〔22〕 孔教会 一个为袁世凯窃国复辟服务的尊孔派组织,1912年10月在上海成立,次年迁北京。当时各地封建势力亦纷纷筹建此类组织。绍兴的孔教会会长傅励臣(1866—1918)是清末举人,他同时兼任绍兴教育会会长和绍兴师范学校校长。

〔23〕 报馆案 指王金发所部士兵捣毁越铎日报馆一案。时在1912年8月1日,作者早已于5月离开南京,随教育部迁到北京。这里说"是我到南京后两三个星期了结的",记忆有误。

〔24〕 孙传芳(1885—1935) 山东历城人,北洋直系军阀。1926年夏他盘踞江浙等地时,曾以保卫礼教为由,下令禁止上海美术专门学校采用裸体模特儿。

〔25〕 作者悼范爱农的诗,实际上是三首。最初发表于1912年8月21日绍兴《民兴日报》,署名黄棘,后收入《集外集》。下面说的"一首"指第三首,其五六句是"此别成终古,从兹绝绪言"。

〔26〕 关于范爱农之死,1912年5月9日(夏历三月二十七日)范爱农在给作者信中,曾有"如此世界,实何生为?盖吾辈生成傲骨,未能随波逐流,惟死而已,端无生理"等语。作者怀疑他可能是投湖自杀。

后　　记[1]

　　我在第三篇讲《二十四孝》的开头，说北京恐吓小孩的"马虎子"应作"麻胡子"，是指麻叔谋，而且以他为胡人。现在知道是错了，"胡"应作"祜"，是叔谋之名，见唐人李济翁[2]做的《资暇集》卷下，题云《非麻胡》。原文如次：

　　"俗怖婴儿曰：麻胡来！不知其源者，以为多髯之神而验刺者，非也。隋将军麻祜，性酷虐，炀帝令开汴河，威棱既盛，至稚童望风而畏，互相恐吓曰：麻祜来！稚童语不正，转祜为胡。只如宪宗朝泾将郝玭[3]，蕃中皆畏惮，其国婴儿啼者，以玭怖之则止。又，武宗朝，闾阎孩孺相胁云：薛尹[4]来！咸类此也。况《魏志》载张文远辽[5]来之明证乎？"（原注：麻祜庙在睢阳。郎方节度李丕即其后。不为重建碑。）

　　原来我的识见，就正和唐朝的"不知其源者"相同，贻讥于千载之前，真是咎有应得，只好苦笑。但又不知麻祜庙碑或碑文，现今尚在睢阳或存于方志中否？倘在，我们当可以看见和小说《开河记》所载相反的他的功业。

因为想寻几张插画,常维钧[6]兄给我在北京搜集了许多材料,有几种是为我所未曾见过的。如光绪己卯(1879)肃州胡文炳[7]作的《二百卌孝图》——原书有注云:"卌读如习。"我真不解他何以不直称四十,而必须如此麻烦——即其一。我所反对的"郭巨埋儿",他于我还未出世的前几年,已经删去了。序有云:

"……坊间所刻《二十四孝》,善矣。然其中郭巨埋儿一事,揆之天理人情,殊不可以训。……炳窃不自量,妄为编辑。凡矫枉过正而刻意求名者,概从割爱;惟择其事之不诡于正,而人人可为者,类为六门。……"

这位肃州胡老先生的勇决,委实令我佩服了。但这种意见,恐怕是怀抱者不乏其人,而且由来已久的,不过大抵不敢毅然删改,笔之于书。如同治十一年(1872)刻的《百孝图》[8],前有纪常郑绩序,就说:

"……况迩来世风日下,沿习浇漓,不知孝出天性自然,反以孝作另成一事。且择古人投炉[9]埋儿为忍心害理,指割股抽肠为损亲遗体。殊未审孝只在乎心,不在乎迹。尽孝无定形,行孝无定事。古之孝者非在今所宜,今之孝者难泥古之事。因此时此地不同,而其人其事各异,求其所以尽孝之心则一也。子夏曰:事父母能竭其力。故孔门问孝,所答何尝有同然乎?……"

则同治年间就有人以埋儿等事为"忍心害理",灼然可知。至于这一位"纪常郑绩"先生的意思,我却还是不大懂,或者像是说:这些事现在可以不必学,但也不必说他错。

这部《百孝图》的起源有点特别,是因为见了"粤东颜子"的《百美新咏》[10]而作的。人重色而己重孝,卫道之盛心可谓至矣。虽然是"会稽俞葆真兰浦编辑",与不佞有同乡之谊,——但我还只得老实说:不大高明。例如木兰从军[11]的出典,他注云:"隋史"。这样名目的书,现今是没有的;倘是《隋书》[12],那里面又没有木兰从军的事。

而中华民国九年(1920),上海的书店却偏偏将它用石印翻印了,书名的前后各添了两个字:《男女百孝图全传》。第一叶上还有一行小字道:家庭教育的好模范。又加了一篇"吴下大错王鼎谨识"的序,开首先发同治年间"纪常郑绩"先生一流的感慨:

"慨自欧化东渐,海内承学之士,嚣嚣然侈谈自由平等之说,致道德日就沦肯,人心日益浇漓,寡廉鲜耻,无所不为,侥幸行险,人思幸进,求所谓砥砺廉隅,束身自爱者,世不多睹焉。……起观斯世之忍心害理,几全如陈叔宝[13]之无心肝。长此滔滔,伊何底止?……"

其实陈叔宝模胡到好像"全无心肝",或者有之,若拉他来配"忍心害理",却未免有些冤枉。这是有几个人以评"郭巨埋儿"和"李娥投炉"的事的。

至于人心,有几点确也似乎正在浇漓起来。自从《男女之秘密》,《男女交合新论》出现后,上海就很有些书名喜欢用"男女"二字冠首。现在是连"以正人心而厚风俗"的《百孝图》上也加上了。这大概为因不满于《百美新咏》而教孝的"会稽俞葆真兰浦"先生所不及料的罢。

从说"百行之先"[14]的孝而忽然拉到"男女"上去,仿佛也近乎不庄重,——浇漓。但我总还想趁便说几句,——自然竭力来减省。

我们中国人即使对于"百行之先",我敢说,也未必就不想到男女上去的。太平无事,闲人很多,偶有"杀身成仁舍生取义"的,本人也许忙得不暇检点,而活着的旁观者总会加以绵密的研究。曹娥的投江觅父[15],淹死后抱父尸出,是载在正史[16],很有许多人知道的。但这一个"抱"字却发生过问题。

我幼小时候,在故乡曾经听到老年人这样讲:

"……死了的曹娥,和她父亲的尸体,最初是面对面抱着浮上来的。然而过往行人看见的都发笑了,说:哈哈!这么一个年青姑娘抱着这么一个老头子!于是那两个死尸又沉下去了;停了一刻又浮起来,这回是背对背的负着。"

好!在礼义之邦里,连一个年幼——呜呼,"娥年十四"而已——的死孝女要和死父亲一同浮出,也有这么艰难!

我检查《百孝图》和《二百卅孝图》,画师都很聪明,所画的是曹娥还未跳入江中,只在江干啼哭。但吴友如[17]画的

《女二十四孝图》(1892)却正是两尸一同浮出的这一幕,而且也正画作"背对背",如第一图的上方。我想,他大约也知道我所听到的那故事的。还有《后二十四孝图说》,也是吴友如画,也有曹娥,则画作正在投江的情状,如第一图下。

就我现今所见的教孝的图说而言,古今颇有许多遇盗,遇虎,遇火,遇风的孝子,那应付的方法,十之九是"哭"和"拜"。

中国的哭和拜,什么时候才完呢?

至于画法,我以为最简古的倒要算日本的小田海僊本,这本子早已印入《点石斋丛画》里,变成国货,很容易入手的了。吴友如画的最细巧,也最能引动人。但他于历史画其实是不大相宜的;他久居上海的租界里,耳濡目染,最擅长的倒在作"恶鸨虐妓","流氓拆梢[18]"一类的时事画,那真是勃勃有生气,令人在纸上看出上海的洋场来。但影响殊不佳,近来许多小说和儿童读物的插画中,往往将一切女性画成妓女样,一切孩童都画得像一个小流氓,大半就因为太看了他的画本的缘故。

而孝子的事迹也比较地更难画,因为总是惨苦的多。譬如"郭巨埋儿",无论如何总难以画到引得孩子眉飞色舞,自愿躺到坑里去。还有"尝粪心忧"[19],也不容易引人入胜。还有老莱子的"戏彩娱亲",题诗上虽说"喜色满庭帏",而图画上却绝少有有趣的家庭的气息。

我现在选取了三种不同的标本,合成第二图。上方的是《百孝图》中的一部分,"陈村何云梯"画的,画的是"取水上堂

曹娥投江尋父屍

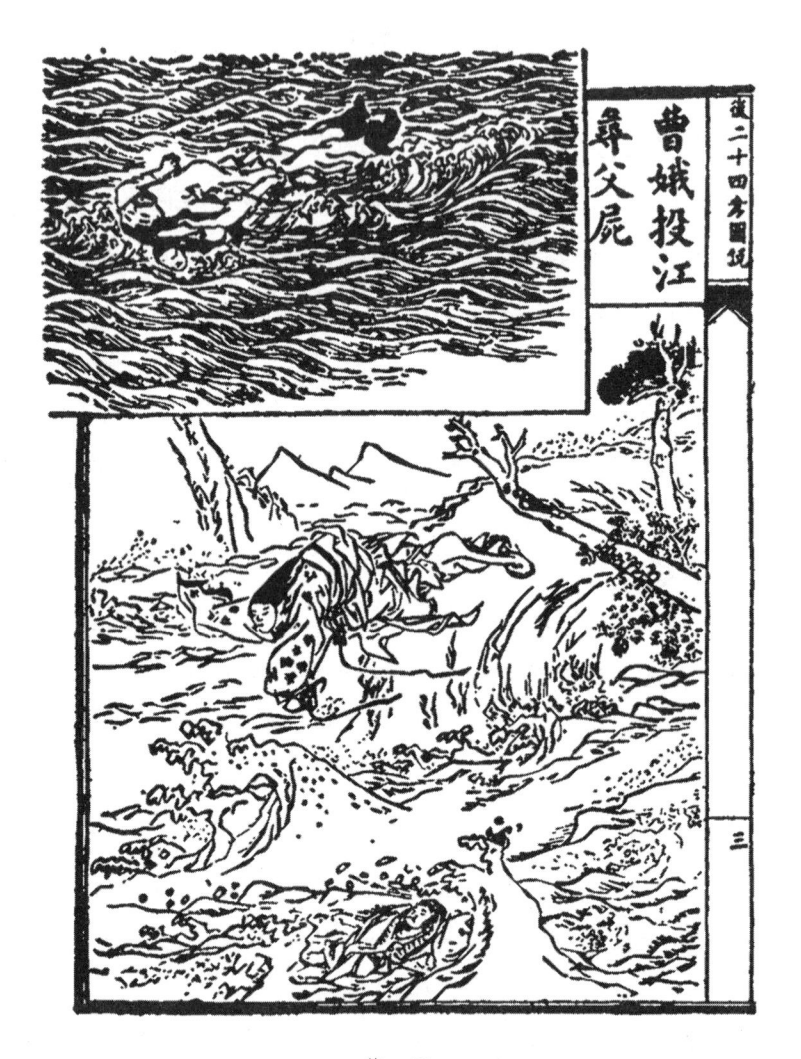

第一图

戏彩娱亲

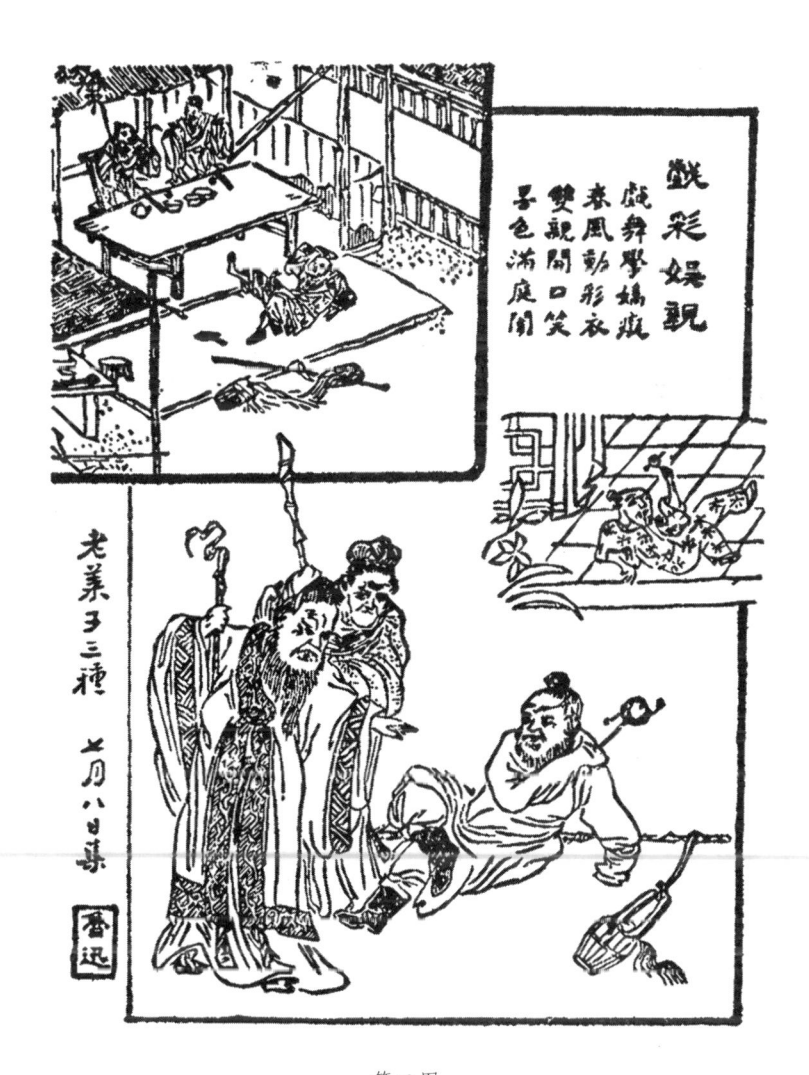

戏舞聚妈癍
春风动彩衣
双亲开口笑
喜色满庭闱

老莱子三种 七月八日集

香迅

第二图

诈跌卧地作婴儿啼"这一段。也带出"双亲开口笑"来。中间的一小块是我从"直北李锡彤"画的《二十四孝图诗合刊》上描下来的,画的是"著五色斑斓之衣为婴儿戏于亲侧"这一段;手里捏着"摇咕咚",就是"婴儿戏"这三个字的点题。但大约李先生觉得一个高大的老头子玩这样的把戏究竟不像样,将他的身子竭力收缩,画成一个有胡子的小孩子了。然而仍然无趣。至于线的错误和缺少,那是不能怪作者的,也不能埋怨我,只能去骂刻工。查这刻工当前清同治十二年(1873)时,是在"山东省布政司街南首路西鸿文堂刻字处"。下方的是"民国壬戌"(1922)慎独山房刻本,无画人姓名,但是双料画法,一面"诈跌卧地",一面"为婴儿戏",将两件事合起来,而将"斑斓之衣"忘却了。吴友如画的一本,也合两事为一,也忘了斑斓之衣,只是老莱子比较的胖一些,且绾着双丫髻,——不过还是无趣味。

人说,讽刺和冷嘲只隔一张纸,我以为有趣和肉麻也一样。孩子对父母撒娇可以看得有趣,若是成人,便未免有些不顺眼。放达的夫妻在人面前的互相爱怜的态度,有时略一跨出有趣的界线,也容易变为肉麻。老莱子的作态的图,正无怪谁也画不好。像这些图画上似的家庭里,我是一天也住不舒服的,你看这样一位七十岁的老太爷整年假惺惺地玩着一个"摇咕咚"。

汉朝人在宫殿和墓前的石室里,多喜欢绘画或雕刻古来的帝王,孔子弟子,列士,列女,孝子之类的图。宫殿当然一椽不存了；石室却偶然还有，而最完全的是山东嘉祥县的武氏石室[20]。我仿佛记得那上面就刻着老莱子的故事。但现在手头既没有拓本，也没有《金石萃编》[21]，不能查考了；否则，将现时的和约一千八百年前的图画比较起来，也是一种颇有趣味的事。

关于老莱子的，《百孝图》上还有这样的一段：
"……莱子又有弄雏娱亲之事：尝弄雏于双亲之侧，欲亲之喜。"（原注：《高士传》[22]。）

谁做的《高士传》呢？嵇康的，还是皇甫谧的？也还是手头没书，无从查考。只在新近因为白得了一个月的薪水，这才发狠买来的《太平御览》上查了一通，到底查不着，倘不是我粗心，那就是出于别的唐宋人的类书[23]里的了。但这也没有什么大关系。我所觉得特别的，是文中的那"雏"字。

我想，这"雏"未必一定是小禽鸟。孩子们喜欢弄来玩耍的，用泥和绸或布做成的人形，日本也叫Hina，写作"雏"。他们那里往往存留中国的古语；而老莱子在父母面前弄孩子的玩具，也比弄小禽鸟更自然。所以英语的Doll，即我们现在称为"洋囡囡"或"泥人儿"，而文字上只好写作"傀儡"的，说不定古人就称"雏"，后来中绝，便只残存于日本了。但这不过是我一时的臆测，此外也并无什么坚实的凭证。

这弄雏的事，似乎也还没有人画过图。

我所搜集的另一批,是内有"无常"的画像的书籍。一曰《玉历钞传警世》(或无下二字),一曰《玉历至宝钞》(或作编)。其实是两种都差不多的。关于搜集的事,我首先仍要感谢常维钧兄,他寄给我北京龙光斋本,又鉴光斋本;天津思过斋本,又石印局本;南京李光明庄本。其次是章矛尘[24]兄,给我杭州玛瑙经房本,绍兴许广记本,最近石印本。又其次是我自己,得到广州宝经阁本,又翰元楼本。

这些《玉历》,有繁简两种,是和我的前言相符的。但我调查了一切无常的画像之后,却恐慌起来了。因为书上的"活无常"是花袍,纱帽,背后插刀;而拿算盘,戴高帽子的却是"死有分"!虽然面貌有凶恶和和善之别,脚下有草鞋和布(?)鞋之殊,也不过画工偶然的随便,而最关紧要的题字,则全体一致,曰:"死有分"。呜呼,这明明是专在和我为难。

然而我还不能心服。一者因为这些书都不是我幼小时候所见的那一部,二者因为我还确信我的记忆并没有错。不过撕下一叶来做插画的企图,却被无声无臭地打得粉碎了。只得选取标本各一——南京本的死有分和广州本的活无常——之外,还自己动手,添画一个我所记得的目连戏或迎神赛会中的"活无常"来塞责,如第三图上方。好在我并非画家,虽然太不高明,读者也许不至于嗔责罢。先前想不到后来,曾经对于吴友如先生辈颇说过几句蹊跷话,不料曾几何时,即须自己出丑了,现在就预先辩解几句在这里存案。但是,如果无效,那也只好直抄徐(印世昌)大总统的哲学:听其自然。[25]

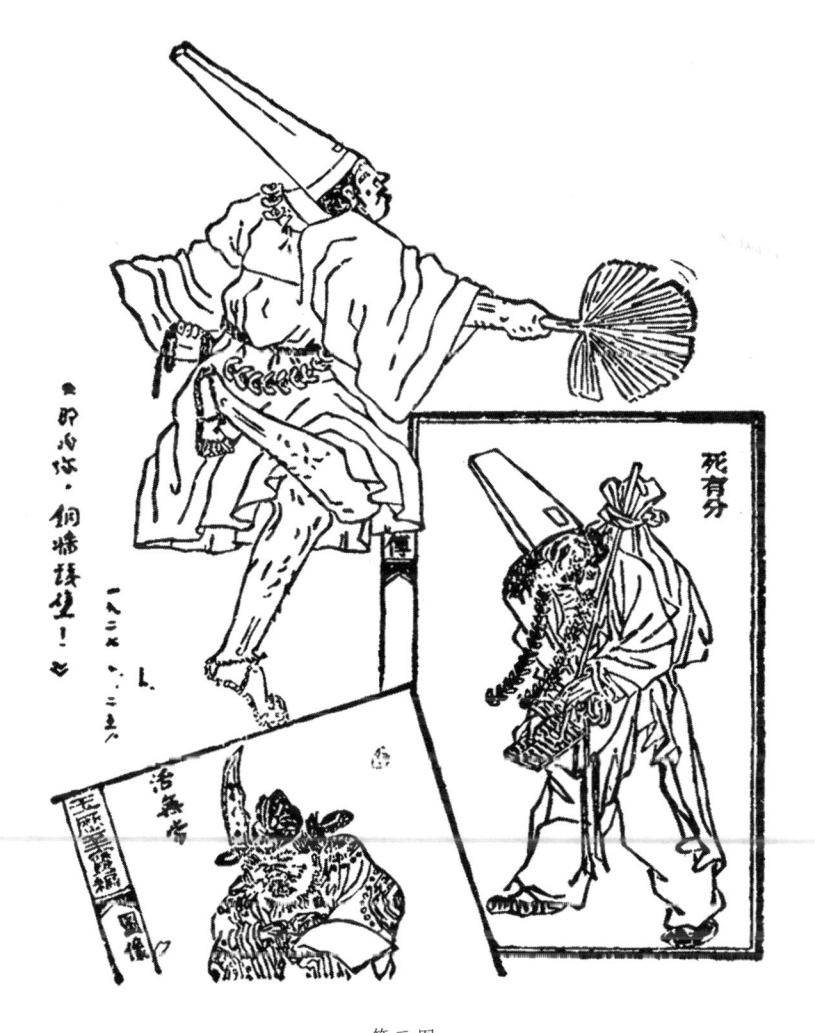

第三图

还有不能心服的事,是我觉得虽是宣传《玉历》的诸公,于阴间的事情其实也不大了然。例如一个人初死时的情状,那图像就分成两派。一派是只来一位手执钢叉的鬼卒,叫作"勾魂使者",此外什么都没有;一派是一个马面,两个无常——阳无常和阴无常——而并非活无常和死有分。倘说,那两个就是活无常和死有分罢,则和单个的画像又不一致。如第四图版上的 A,阳无常何尝是花袍纱帽?只有阴无常却和单画的死有分颇相像的,但也放下算盘拿了扇。这还可以说大约因为其时是夏天,然而怎么又长了那么长的络腮胡子了呢?难道夏天时疫多,他竟忙得连修刮的工夫都没有了么?这图的来源是天津思过斋的本子,合并声明;还有北京和广州本上的,也相差无几。

B 是从南京的李光明庄刻本上取来的,图画和 A 相同,而题字则正相反了:天津本指为阴无常者,它却道是阳无常。但和我的主张是一致的。那么,倘有一个素衣高帽的东西,不问他胡子之有无,北京人,天津人,广州人只管去称为阴无常或死有分,我和南京人则叫他活无常,各随自己的便罢。"名者,实之宾也"[26],不关什么紧要的。

不过我还要添上一点 C 图,是绍兴许广记刻本中的一部分,上面并无题字,不知宣传者于意云何。我幼小时常常走过许广记的门前,也闲看他们刻图画,是专爱用弧线和直线,不大肯作曲线的,所以无常先生的真相,在这里也难以判然。只是他身边另有一个小高帽,却还能分明看出,为别的本子上所

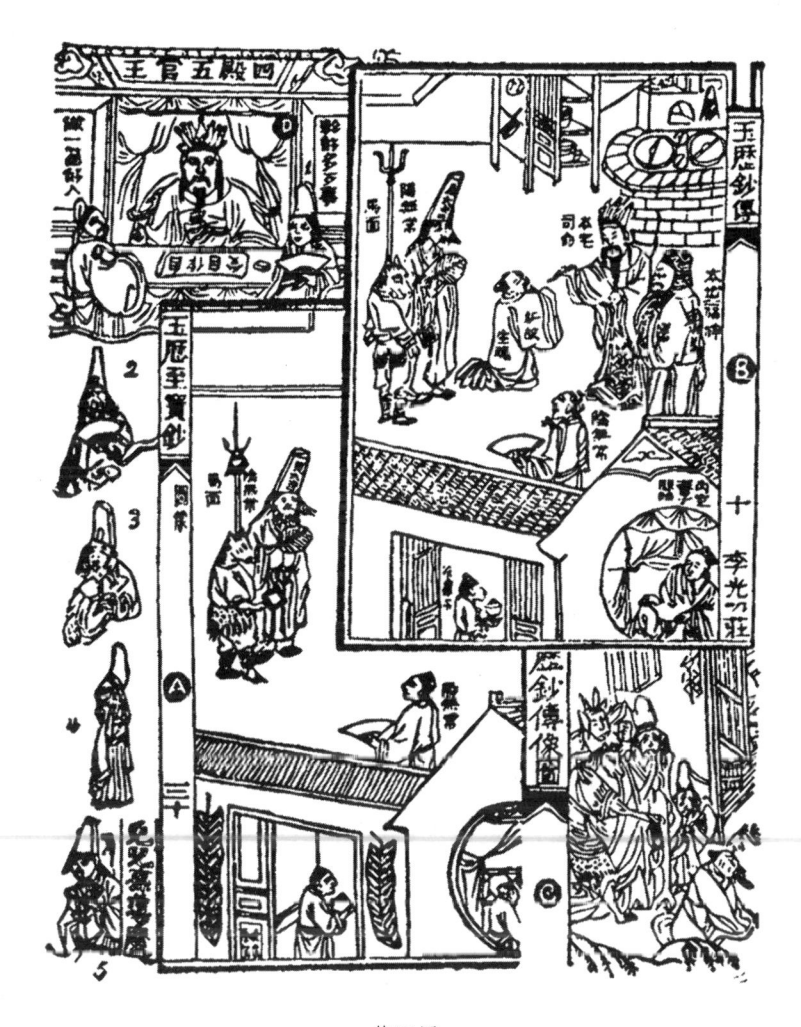

第四图

无。这就是我所说过的在赛会时候出现的阿领。他连办公时间也带着儿子（？）走，我想，大概是在叫他跟随学习，预备长大之后，可以"无改于父之道"[27]的。

除勾摄人魂外，十殿阎罗王中第四殿五官王的案桌旁边，也什九站着一个高帽脚色。如 D 图，1 取自天津的思过斋本，模样颇漂亮；2 是南京本，舌头拖出来了，不知何故；3 是广州的宝经阁本，扇子破了；4 是北京龙光斋本，无扇，下巴之下一条黑，我看不透它是胡子还是舌头；5 是天津石印局本，也颇漂亮，然而站到第七殿泰山王的公案桌边去了：这是很特别的。

又，老虎噬人的图上，也一定画有一个高帽的脚色，拿着纸扇子暗地里在指挥。不知道这也就是无常呢，还是所谓"伥鬼"[28]？但我乡戏文上的伥鬼都不戴高帽子。

研究这一类三魂渺渺，七魄茫茫，"死无对证"的学问，是很新颖，也极占便宜的。假使征集材料，开始讨论，将各种往来的信件都编印起来，恐怕也可以出三四本颇厚的书，并且因此升为"学者"。但是，"活无常学者"，名称不大冠冕，我不想干下去了，只在这里下一个武断：

《玉历》式的思想是很粗浅的："活无常"和"死有分"，合起来是人生的象征。人将死时，本只须死有分来到。因为他一到，这时候，也就可见"活无常"。

但民间又有一种自称"走阴"或"阴差"的，是生人暂时入冥，帮办公事的脚色。因为他帮同勾魂摄魄，大家也就称之为"无常"；又以其本是生魂也，则别之曰"阳"，但从此便和"活无常"隐然相混了。如第四图版之 A，题为"阳无常"的，是平常人的普通装束，足见明明是阴差，他的职务只在领鬼卒进门，所以站在阶下。

既有了生魂入冥的"阳无常"，便以"阴无常"来称职务相似而并非生魂的死有分了。

做目连戏和迎神赛会虽说是祷祈，同时也等于娱乐，扮演出来的应该是阴差，而普通状态太无趣，——无所谓扮演，——不如奇特些好，于是就将"那一个无常"的衣装给他穿上了；——自然原也没有知道得很清楚。然而从此也更传讹下去。所以南京人和我之所谓活无常，是阴差而穿着死有分的衣冠，顶着真的活无常的名号，大背经典，荒谬得很的。

不知海内博雅君子，以为何如？

我本来并不准备做什么后记，只想寻几张旧画像来做插图，不料目的不达，便变成一面比较，剪贴，一面乱发议论了。那一点本文或作或辍地几乎做了一年，这一点后记也或作或辍地几乎做了两个月。天热如此，汗流浃背，是亦不可以已乎：爰为结。

一九二七年七月十一日，写完于广州东堤寓楼之西窗下。

＊　　　　＊　　　　＊

〔1〕 本篇最初发表于1927年8月10日《莽原》半月刊第二卷第十五期。

〔2〕 李济翁　名匡文,字济翁,陇西(今甘肃东部)人,唐宗室后裔,昭宗时任宗正少卿等职。他著的《资暇集》共三卷,是一部考证古物、记述史事的书。

〔3〕 郝玼　《旧唐书》作郝玼,唐贞元、元和年间,为临泾(今甘肃镇元)镇将(后升为刺史)。据《旧唐书·郝玼传》载,"玼……在边三十年,每战得蕃俘,必剐剔而归其尸,蕃人畏之如神。……蕃中儿啼者,呼玼名以怖之。"蕃,指当时青藏高原的少数民族。

〔4〕 薛尹　指薛元赏,唐武宗会昌年间,曾任京兆尹。据《新唐书·薛元赏传》载:"元赏到府三日,收恶少,杖死三十余辈,陈诸市。"

〔5〕 张文远辽　张辽(169—222),字文远,三国雁门马邑(今山西朔州市朔城区)人。曹操部将,屡建战功。建安二十年(215)孙权攻合肥,他率敢死士八百人大破权军,名震江东。

〔6〕 常维钧(1894—1985)　名惠,字维钧,河北宛平(今属北京)人。北京大学法文系毕业,曾任北大《歌谣》周刊编辑。

〔7〕 胡文炳　甘肃肃州(今酒泉)人,清道光二十九年(1849)拔贡,曾任湖南湘乡知县。

〔8〕《百孝图》　即《百孝图说》,清代俞葆真编辑,俞泰绘图,共五卷,另附诗一卷。

〔9〕 投炉　三国时吴国李娥的故事。《太平御览》卷四一五引《纪闻》说:"娥父吴大帝时为铁官冶,以铸军器;一夕炼金,竭炉而金不

出。时吴方草创,法令至严,诸耗折官物十万,即坐斩;倍又没入其家,而娥父所损折数过千万。娥年十五,痛伤之,因火烈,遂自投于炉中,赫然烛天。于是金液沸涌,溢于炉口,娥所蹑二履浮出于炉,身则化矣。"

〔10〕 《百美新咏》 清代乾隆时广东颜希源编著的诗画集,内收关于古代美女潘妃、窅娘等百人的诗和画像。分《新咏》、《图传》、《集咏》三部分。《新咏》是颜希源自己的题咏,每人一首;《图传》即画像;《集咏》是收集前人题咏潘妃等的诗篇。

〔11〕 木兰从军 木兰代父从军的故事,见北朝时民间产生的《木兰诗》,不见于"正史"。

〔12〕 《隋书》 纪传体隋代史,唐代魏征等编撰,共八十五卷。

〔13〕 陈叔宝(553—604) 南朝时的陈后主。《南史·陈本纪》:"(陈叔宝)既见宥,隋文帝给赐甚厚,数得引见,班同三品;每预宴,恐致伤心,为不奏吴音。后监守者奏言:'叔宝云,"既无秩位,每预朝集,愿得一官号。"'隋文帝曰:'叔宝全无心肝。'"

〔14〕 "百行之先" 语出《旧唐书·刘君良附宋兴贵传》所引唐高祖诏:"士有百行,孝敬为先。"

〔15〕 曹娥的投江觅父 曹娥事见于《后汉书·孝女曹娥传》:"孝女曹娥者,会稽上虞人也。父盱,能弦歌,为巫祝。汉安二年五月五日,于县江沂涛婆娑迎神,溺死,不得尸骸。娥年十四,乃沿江号哭,昼夜不绝声,旬有七日,遂投江而死。"在三国魏邯郸淳作的《曹娥碑》文中才有曹娥"经五日抱父尸出"的话。

〔16〕 正史 历代封建王朝组织编写或认可的史书。清高宗(乾隆)时规定从《史记》到《明史》共二十四部史书为"正史"。

〔17〕 吴友如(？—约1893) 名猷(又作嘉猷),字友如,江苏元和(今吴县)人,清末画家。他先在苏州画年画,后到上海主绘《点石斋画报》,并为许多小说作绣像,曾汇印有作品集《吴友如画宝》。

〔18〕 拆梢 上海方言,指流氓敲诈行为。

〔19〕 "尝粪心忧" 梁代庾黔娄的故事。见《梁书·庾黔娄传》,庾黔娄的父亲庾易病重时,"医云:'欲知差(瘥)剧,但尝粪甜苦。'易泄痢,黔娄辄取尝之"。

〔20〕 武氏石室 指东汉武氏家族墓葬的四个石室,四壁有石刻画像,其中以武梁祠为最早,故一般称《武梁祠画像》。

〔21〕《金石萃编》 清代王昶编,共一六〇卷。辑录夏、商、周至宋末的金石文字一千五百余件,《武梁祠画像》也收入在内。

〔22〕《高士传》 晋代皇甫谧撰,共三卷。记录上古至魏晋高士九十六人。据南宋李石《续博物志》,皇甫原书记述高士七十二人,今本系后人抄录《太平御览》所引嵇康《高士传》、《后汉书》等增益而成。

〔23〕 类书 辑录各门类或某一门类的资料,以供寻检、征引的工具书。通常分类编排,也有用分韵、分字等方法编排的。

〔24〕 章矛尘(1901—1981) 名廷谦,笔名川岛,浙江上虞人。著有《和鲁迅相处的日子》等。

〔25〕 徐世昌(1855—1939) 字菊人,天津人。清宣统时任内阁协理大臣,1918年至1922年任北洋政府总统。他是一个老于世故的圆滑的官僚,"听其自然"是他常说的处世方法的一句话。

〔26〕 "名者,实之宾也" 语出《庄子·逍遥游》。这里的意思是说,事物的本身是主要的,名称是从属的。

〔27〕 "无改于父之道" 语出《论语·学而》:"三年无改于父之道,可谓孝矣。"

〔28〕 "伥鬼" 旧时迷信传说,人被虎吃掉后,其"鬼魂"反助虎吃人,称为"虎伥"或"伥鬼"。唐代裴铏《传奇·马拯》:"此是伥鬼,被虎所食之人也,为虎前呵道耳。"成语"为虎作伥"即源于此。

附 录 一[①]

[①] 考虑到本书的读者中有一部分是青少年读者,特列"附录一"和"附录二"供拓展阅读及阅读《朝花夕拾》时参考。

鲁 迅 自 传[1]

  我于一八八一年生于浙江省绍兴府城里的一家姓周的家里。父亲是读书的;母亲姓鲁,乡下人,她以自修得到能够看书的学力。听人说,在我幼小时候,家里还有四五十亩水田,并不很愁生计。但到我十三岁时,我家忽而遭了一场很大的变故,几乎什么也没有了;我寄住在一个亲戚家里,有时还被称为乞食者。我于是决心回家,而我底父亲又生了重病,约有三年多,死去了。我渐至于连极少的学费也无法可想;我底母亲便给我筹办了一点旅费,教我去寻无需学费的学校去,因为我总不肯学做幕友或商人,——这是我乡衰落了的读书人家子弟所常走的两条路。
  其时我是十八岁,便旅行到南京,考入水师学堂了,分在机关科。大约过了半年,我又走出,改进矿路学堂去学开矿,毕业之后,即被派往日本去留学。但待到在东京的豫备学校毕业,我已经决意要学医了。原因之一是因为我确知道了新的医学对于日本维新有很大的助力。我于是进了仙台(Sendai)医学专门学校,学了两年。这时正值俄日战争,我偶然在电影上看见一个中国人因做侦探而将被斩,因此又觉得在中国医好几个人也无用,还应该有较为广大的运动……先提倡新文艺。我便弃了学籍,再到东京,和几个朋友立了些小计划,但都陆续失败了。我又想往德国去,也失败了。终于,因为我底母亲和几个别的人很希望我有经济上的帮助,我便回到中国来;这时我是二十九岁。

我一回国,就在浙江杭州的两级师范学堂做化学和生理学教员,第二年就走出,到绍兴中学堂去做教务长,第三年又走出,没有地方可去,想在一个书店去做编译员,到底被拒绝了。但革命也就发生,绍兴光复后,我做了师范学校的校长。革命政府在南京成立,教育部长招我去做部员,移入北京;后来又兼做北京大学,师范大学,女子师范大学的国文系讲师。到一九二六年,有几个学者到段祺瑞[2]政府去告密,说我不好,要捕拿我,我便因了朋友林语堂[3]的帮助逃到厦门,去做厦门大学教授,十二月走出,到广东,做了中山大学教授,四月辞职,九月出广东,一直住在上海。

我在留学时候,只在杂志上登过几篇不好的文章。初做小说是一九一八年,因为一个朋友钱玄同的劝告,做来登在《新青年》上的。这时才用"鲁迅"的笔名(Pen-name);也常用别的名字做一点短论。现在汇印成书的有两本短篇小说集:《呐喊》,《彷徨》。一本论文,一本回忆记,一本散文诗,四本短评。别的,除翻译不计外,印成的又有一本《中国小说史略》,和一本编定的《唐宋传奇集》。

一九三〇年五月十六日

* * *

〔1〕 本篇据手稿编入。它是作者在1925年所作《自叙传略》(收入《集外集》)的基础上增补修订而成的。

〔2〕 段祺瑞(1865—1936) 字芝泉,安徽合肥人,北洋军阀皖系首领。1924年至1926年任北洋政府"临时执政"。1926年他制造了镇压群众反帝爱国运动的三一八惨案。事后,又发布秘密通缉令,据1926年3月26日《京报》披露,"该项通缉令所罗织之罪犯闻竟有五十人之多,如……周树人(即鲁迅)许寿裳……均包括在内,闻所开五十人中之学界部分,系(教长)马君武亲笔开列"。

〔3〕 林语堂(1895—1976) 福建龙溪人,作家。曾留学美国、德国,回国后在北京大学、北京女子师范大学等校任教。《语丝》撰稿人之一。二十世纪三十年代在上海编辑《论语》、《人间世》等刊物,提倡幽默和闲适文学。1926年6月他任厦门大学文科主任兼国学研究院秘书时,曾推荐鲁迅到厦门大学任教。

选自《鲁迅全集》第8卷,人民文学出版社2005年版

《呐喊》自序[1]

　　我在年青时候也曾经做过许多梦,后来大半忘却了,但自己也并不以为可惜。所谓回忆者,虽说可以使人欢欣,有时也不免使人寂寞,使精神的丝缕还牵着已逝的寂寞的时光,又有什么意味呢,而我偏苦于不能全忘却,这不能全忘的一部分,到现在便成了《呐喊》的来由。

　　我有四年多,曾经常常,——几乎是每天,出入于质铺和药店里,年纪可是忘却了,总之是药店的柜台正和我一样高,质铺的是比我高一倍,我从一倍高的柜台外送上衣服或首饰去,在侮蔑里接了钱,再到一样高的柜台上给我久病的父亲去买药。回家之后,又须忙别的事了,因为开方的医生是最有名的,以此所用的药引也奇特:冬天的芦根,经霜三年的甘蔗,蟋蟀要原对的,结子的平地木[2],……多不是容易办到的东西。然而我的父亲终于日重一日的亡故了。

　　有谁从小康人家而坠入困顿的么,我以为在这途路中,大概可以看见世人的真面目;我要到N进K学堂[3]去了,仿佛是想走异路,逃异地,去寻求别样的人们。我的母亲没有法,办了八元的川资,说是由我的自便;然而伊[4]哭了,这正是情理中的事,因为那时读书应试是正路,所谓学洋务[5],社会上便以为是一种走投无路的人,只得将灵魂卖给鬼子,要加倍的奚落而且排斥的,而况伊又看不见自己的儿子了。然而我也顾不得这些事,终于到N去进了K学堂了,在这学堂里,我才知道世上还有所谓格致[6],算学,地理,历史,绘图和体操。生理学并不教,但我们却看到些木版的《全体新论》和《化学卫生论》[7]之类了。我还记得先前的医生的议论和方药,和现在所知道的比较起来,便渐渐的悟得中医不过是一种有意的或无意的骗子,同时又很起了对于被骗的病人和他的家族的同情;而且从译出的历史上,又知道了日本维新[8]是大半发端于西方医学的事实。

因为这些幼稚的知识,后来便使我的学籍列在日本一个乡间的医学专门学校[9]里了。我的梦很美满,预备卒业回来,救治像我父亲似的被误的病人的疾苦,战争时候便去当军医,一面又促进了国人对于维新的信仰。我已不知道教授微生物学的方法,现在又有了怎样的进步了,总之那时是用了电影,来显示微生物的形状的,因此有时讲义的一段落已完,而时间还没有到,教师便映些风景或时事的画片给学生看,以用去这多余的光阴。其时正当日俄战争[10]的时候,关于战事的画片自然也就比较的多了,我在这一个讲堂中,便须常常随喜我那同学们的拍手和喝采。有一回,我竟在画片上忽然会见我久违的许多中国人了,一个绑在中间,许多站在左右,一样是强壮的体格,而显出麻木的神情。据解说,则绑着的是替俄国做了军事上的侦探,正要被日军砍下头颅来示众,而围着的便是来赏鉴这示众的盛举的人们。

这一学年没有完毕,我已经到了东京了,因为从那一回以后,我便觉得医学并非一件紧要事,凡是愚弱的国民,即使体格如何健全,如何茁壮,也只能做毫无意义的示众的材料和看客,病死多少是不必以为不幸的。所以我们的第一要著,是在改变他们的精神,而善于改变精神的是,我那时以为当然要推文艺,于是想提倡文艺运动了。在东京的留学生很有学法政理化以至警察工业的,但没有人治文学和美术;可是在冷淡的空气中,也幸而寻到几个同志了[11],此外又邀集了必须的几个人,商量之后,第一步当然是出杂志,名目是取"新的生命"的意思,因为我们那时大抵带些复古的倾向,所以只谓之《新生》。

《新生》的出版之期接近了,但最先就隐去了若干担当文字的人,接着又逃走了资本,结果只剩下不名一钱的三个人。创始时候既已背时,失败时候当然无可告语,而其后却连这三个人也都为各自的运命所驱策,不能在一处纵谈将来的好梦了,这就是我们的并未产生的《新生》的结局。

我感到未尝经验的无聊,是自此以后的事。我当初是不知其所以然的;后来想,凡有一人的主张,得了赞和,是促其前进的,得了反对,是促其奋斗的,独有叫喊于生人中,而生人并无反应,既非赞同,也无反对,如置身毫无边际的荒原,无可措手的了,这是怎样的悲哀呵,我于是以我所感到者为寂寞。

这寂寞又一天一天的长大起来,如大毒蛇,缠住了我的灵魂了。

然而我虽然自有无端的悲哀,却也并不愤懑,因为这经验使我反省,看见自己了:就是我决不是一个振臂一呼应者云集的英雄。

只是我自己的寂寞是不可不驱除的,因为这于我太痛苦。我于是用了种种法,来麻醉自己的灵魂,使我沉入于国民中,使我回到古代去,后来也亲历或旁观过几样更寂寞更悲哀的事,都为我所不愿追怀,甘心使他们和我的脑一同消灭在泥土里的,但我的麻醉法却也似乎已经奏了功,再没有青年时候的慷慨激昂的意思了。

S会馆[12]里有三间屋,相传是往昔曾在院子里的槐树上缢死过一个女人的,现在槐树已经高不可攀了,而这屋还没有人住;许多年,我便寓在这屋里钞古碑[13]。客中少有人来,古碑中也遇不到什么问题和主义,而我的生命却居然暗暗的消去了,这也就是我惟一的愿望。夏夜,蚊子多了,便摇着蒲扇坐在槐树下,从密叶缝里看那一点一点的青天,晚出的槐蚕又每每冰冷的落在头颈上。

那时偶或来谈的是一个老朋友金心异[14],将手提的大皮夹放在破桌上,脱下长衫,对面坐下了,因为怕狗,似乎心房还在怦怦的跳动。

"你钞了这些有什么用?"有一夜,他翻着我那古碑的钞本,发了研究的质问了。

"没有什么用。"

"那么,你钞他是什么意思呢?"

"没有什么意思。"

"我想,你可以做点文章……"

我懂得他的意思了,他们正办《新青年》[15],然而那时仿佛不特没有人来赞同,并且也还没有人来反对,我想,他们许是感到寂寞了,但是说:

"假如一间铁屋子,是绝无窗户而万难破毁的,里面有许多熟睡的人们,不久都要闷死了,然而是从昏睡入死灭,并不感到就死的悲哀。现在你大嚷起来,惊起了较为清醒的几个人,使这不幸的少数者来受无可挽救的临终的苦楚,你倒以为对得起他们么?"

"然而几个人既然起来,你不能说决没有毁坏这铁屋的希望。"

是的,我虽然自有我的确信,然而说到希望,却是不能抹杀的,因为希望是在于将来,决不能以我之必无的证明,来折服了他之所谓可有,于是我终于答应他也做文章了,这便是最初的一篇《狂人日记》。从此以后,便一发而不可收,每写些小说模样的文章,以敷衍朋友们的嘱托,积久就有了十余篇。

在我自己,本以为现在是已经并非一个切迫而不能已于言的人了,但或者也还未能忘怀于当日自己的寂寞的悲哀罢,所以有时候仍不免呐喊几声,聊以慰藉那在寂寞里奔驰的猛士,使他不惮于前驱。至于我的喊声是勇猛或是悲哀,是可憎或是可笑,那倒是不暇顾及的;但既然是呐喊,则当然须听将令的了,所以我往往不恤用了曲笔,在《药》的瑜儿的坟上平空添上一个花环,在《明天》里也不叙单四嫂子竟没有做到看见儿子的梦,因为那时的主将是不主张消极的。至于自己,却也并不愿将自以为苦的寂寞,再来传染给也如我那年青时候似的正做着好梦的青年。

这样说来,我的小说和艺术的距离之远,也就可想而知了,然而到今日还能蒙着小说的名,甚而至于且有成集的机会,无论如何总不能不说是一件侥幸的事,但侥幸虽使我不安于心,而悬揣人间暂时还有读者,则究竟也仍然是高兴的。

所以我竟将我的短篇小说结集起来,而且付印了,又因为上面所说的缘由,便称之为《呐喊》。

一九二二年十二月三日,鲁迅记于北京。

* * *

〔1〕 本篇曾发表于1923年8月21日北京《晨报·文学旬刊》。

〔2〕 平地木 参见《父亲的病》篇注〔7〕。

〔3〕 到N进K学堂 N指南京,K学堂指江南水师学堂。作者于1898年至南京江南水师学堂肄业,次年改入江南陆师学堂附设的矿务铁路学堂,1902年初毕业后,由清政府派赴日本留学。

〔4〕 伊 女性第三人称代名词。当时还未使用"她"字。

〔5〕 学洋务　清朝末年,李鸿章、张之洞等人推行以"自强求富"为目的的"洋务运动"。他们主张"中学为体,西学为用",一方面维护封建制度及其伦理道德,另一方面又举办一些军事工业和其他工矿企业,并设立学习相关知识的学堂。这里说的"学洋务",是指在这类学堂里学习西方国家的科学知识和军事技术。

〔6〕 格致　参见《琐记》篇注〔25〕。

〔7〕 《全体新论》和《化学卫生论》　《全体新论》,关于生理学的书,英国合信著,清末译成中文,1851年出版,广东金利埠惠爱医局石印。《化学卫生论》,关于营养学的书,英国真司腾著,清末译成中文,1879年出版,上海广学会刻本。

〔8〕 日本维新　指发生于日本明治年间(1868—1912)的维新运动。在此以前,日本一部分学者,曾大量输入和讲授西方医学,宣传西方科学技术,积极主张革新,对日本维新运动的兴起,曾起过一定的影响。

〔9〕 医学专门学校　指日本仙台医学专门学校。作者于1904年至1906年曾在这里学习医学。

〔10〕 日俄战争　参见《藤野先生》篇注〔13〕。

〔11〕 指许寿裳、袁文薮、周作人等。袁文薮随后转往英国留学,只剩鲁迅、许寿裳、周作人三人。

〔12〕 S会馆　指设在北京宣武门外南半截胡同的绍兴会馆。原为山阴、会稽两县的会馆,称山会邑馆;1912年山阴、会稽合并为绍兴县,改称绍兴会馆。作者于1912年5月至1919年11月曾在这里居住。

〔13〕 钞古碑　作者寓居绍兴会馆时,在教育部任职,常于公余搜集、研究中国古代的造像和墓志等金石拓本,后来辑有《六朝造像目录》和《六朝墓名目录》两种(后者未完成)。

〔14〕 金心异　指钱玄同。钱玄同(1887—1939),名夏,浙江吴兴(今湖州)人,曾任北京大学、北京师范大学教授。1908年他在日本东京和作者同听章太炎讲文字学。"五四"时期参加新文化运动,曾是《新青年》编者之一。1919年3月,复古派文人林纾在上海《新申报》上发表题名《荆生》的小说,攻击新文化运动。小说中有一个人物名"金心异",即影射钱玄同。

〔15〕《新青年》　综合性月刊,"五四"时期倡导新文化运动、传播马克思主义的重要刊物。1915年9月创刊于上海,由陈独秀主编。第一卷名《青年杂志》,第二卷起改名为《新青年》。1916年底迁至北京。从1918年1月起,李大钊等参加编辑工作。1922年休刊,共出九卷,每卷六期。鲁迅在"五四"时期同该刊有密切联系,是它的重要撰稿人,曾参加该刊编辑会议。

收入《呐喊》;选自《鲁迅全集》第1卷,
人民文学出版社2005年版

故　乡[1]

　　我冒了严寒,回到相隔二千余里,别了二十余年的故乡去。

　　时候既然是深冬;渐近故乡时,天气又阴晦了,冷风吹进船舱中,呜呜的响,从篷隙向外一望,苍黄的天底下,远近横着几个萧索的荒村,没有一些活气。我的心禁不住悲凉起来了。

　　阿!这不是我二十年来时时记得的故乡?

　　我所记得的故乡全不如此。我的故乡好得多了。但要我记起他的美丽,说出他的佳处来,却又没有影像,没有言辞了。仿佛也就如此。于是我自己解释说:故乡本也如此,——虽然没有进步,也未必有如我所感的悲凉,这只是我自己心情的改变罢了,因为我这次回乡,本没有什么好心绪。

　　我这次是专为了别他而来的。我们多年聚族而居的老屋,已经公同卖给别姓了,交屋的期限,只在本年,所以必须赶在正月初一以前,永别了熟识的老屋,而且远离了熟识的故乡,搬家到我在谋食的异地去。

　　第二日清早晨我到了我家的门口了。瓦楞上许多枯草的断茎当风抖着,正在说明这老屋难免易主的原因。几房的本家大约已经搬走了,所以很寂静。我到了自家的房外,我的母亲早已迎着出来了,接着便飞出了八岁的侄儿宏儿。

我的母亲很高兴,但也藏着许多凄凉的神情,教我坐下,歇息,喝茶,且不谈搬家的事。宏儿没有见过我,远远的对面站着只是看。

但我们终于谈到搬家的事。我说外间的寓所已经租定了,又买了几件家具,此外须将家里所有的木器卖去,再去增添。母亲也说好,而且行李也略已齐集,木器不便搬运的,也小半卖去了,只是收不起钱来。

"你休息一两天,去拜望亲戚本家一回,我们便可以走了。"母亲说。

"是的。"

"还有闰土,他每到我家来时,总问起你,很想见你一回面。我已经将你到家的大约日期通知他,他也许就要来了。"

这时候,我的脑里忽然闪出一幅神异的图画来:深蓝的天空中挂着一轮金黄的圆月,下面是海边的沙地,都种着一望无际的碧绿的西瓜,其间有一个十一二岁的少年,项带银圈,手捏一柄钢叉,向一匹猹[2]尽力的刺去,那猹却将身一扭,反从他的胯下逃走了。

这少年便是闰土。我认识他时,也不过十多岁,离现在将有三十年了;那时我的父亲还在世,家景也好,我正是一个少爷。那一年,我家是一件大祭祀的值年[3]。这祭祀,说是三十多年才能轮到一回,所以很郑重;正月里供祖像,供品很多,祭器很讲究,拜的人也很多,祭器也很要防偷去。我家只有一个忙月(我们这里给人做工的分三种:整年给一定人家做工的叫长年;按日给人做工的叫短工;自己也种地,只在过年过节以及收租时候来给一定的人家做工的称忙月),忙不过来,他便对父亲说,可以叫他的儿子闰土来管祭器的。

我的父亲允许了;我也很高兴,因为我早听到闰土这名字,而且知道他和我仿佛年纪,闰月生的,五行缺土[4],所以他的父亲叫他闰土。他是能装弶捉小鸟雀的。

我于是日日盼望新年,新年到,闰土也就到了。好容易到了年末,有一日,母亲告诉我,闰土来了,我便飞跑的去看。他正在厨房里,紫色的圆脸,头戴一顶小毡帽,颈上套一个明晃晃的银项圈,这可见他的父亲十分爱他,怕他死去,所以在神佛面前许下愿心,用圈子将他套住了。他见人很怕羞,只是不怕我,没有旁人的时候,便和我说话,于是不到半日,我们便熟识了。

我们那时候不知道谈些什么,只记得闰土很高兴,说是上城之后,见了许多没有见过的东西。

第二日,我便要他捕鸟。他说:

"这不能。须大雪下了才好。我们沙地上,下了雪,我扫出一块空地来,用短棒支起一个大竹匾,撒下秕谷,看鸟雀来吃时,我远远地将缚在棒上的绳子只一拉,那鸟雀就罩在竹匾下了。什么都有:稻鸡,角鸡,鹁鸪,蓝背……"

我于是又很盼望下雪。

闰土又对我说：

"现在太冷,你夏天到我们这里来。我们日里到海边检贝壳去,红的绿的都有,鬼见怕也有,观音手[5]也有。晚上我和爹管西瓜去,你也去。"

"管贼么？"

"不是。走路的人口渴了摘一个瓜吃,我们这里是不算偷的。要管的是獾猪,刺猬,猹。月亮地下,你听,啦啦的响了,猹在咬瓜了。你便捏了胡叉,轻轻地走去……"

我那时并不知道这所谓猹的是怎么一件东西——便是现在也没有知道——只是无端的觉得状如小狗而很凶猛。

"他不咬人么？"

"有胡叉呢。走到了,看见猹了,你便刺。这畜生很伶俐,倒向你奔来,反从胯下窜了。他的皮毛是油一般的滑……"

我素不知道天下有这许多新鲜事：海边有如许五色的贝壳；西瓜有这样危险的经历,我先前单知道他在水果店里出卖罢了。

"我们沙地里,潮汛要来的时候,就有许多跳鱼儿只是跳,都有青蛙似的两个脚……"

阿！闰土的心里有无穷无尽的希奇的事,都是我往常的朋友所不知道的。他们不知道一些事,闰土在海边时,他们都和我一样只看见院子里高墙上的四角的天空。

可惜正月过去了,闰土须回家里去,我急得大哭,他也躲到厨房里,哭着不肯出门,但终于被他父亲带走了。他后来还托他的父亲带给我一包贝壳和几支很好看的鸟毛,我也曾送他一两次东西,但从此没有再见面。

现在我的母亲提起了他,我这儿时的记忆,忽而全都闪电似的苏生过来,似乎看到了我的美丽的故乡了。我应声说:

"这好极!他,——怎样?……"

"他?……他景况也很不如意……"母亲说着,便向房外看,"这些人又来了。说是买木器,顺手也就随便拿走的,我得去看看。"

母亲站起身,出去了。门外有几个女人的声音。我便招宏儿走近面前,和他闲话:问他可会写字,可愿意出门。

"我们坐火车去么?"

"我们坐火车去。"

"船呢?"

"先坐船,……"

"哈!这模样了!胡子这么长了!"一种尖利的怪声突然大叫起来。

我吃了一吓,赶忙抬起头,却见一个凸颧骨,薄嘴唇,五十岁上下的女人站在我面前,两手搭在髀间,没有系裙,张着两脚,正像一个画图仪器里细脚伶仃的圆规。

我愕然了。

"不认识了么?我还抱过你咧!"

我愈加愕然了。幸而我的母亲也就进来,从旁说:

"他多年出门,统忘却了。你该记得罢,"便向着我说,"这是斜对门的杨二嫂,……开豆腐店的。"

哦,我记得了。我孩子时候,在斜对门的豆腐店里确乎终日坐着一个杨二嫂,人都叫伊"豆腐西施"。[6]但是擦着白粉,颧骨没有这么高,嘴唇也没有这么薄,而且终日坐着,我也从没有见过这圆规式的姿势。那时人说:因为伊,这豆腐店的买卖非常好。但这人约因为年龄的关系,我却并未蒙着一毫感化,所以竟完全忘却了。然而圆规很不平,显出鄙夷的神色,仿佛嗤笑法国人不知道拿破仑,美国人不知道华盛顿似的,冷笑说:

"忘了?这真是贵人眼高……"

"那有这事……我……"我惶恐着,站起来说。

"那么,我对你说。迅哥儿,你阔了,搬动又笨重,你还要什么这些破烂木器,让我拿去罢。我们小户人家,用得着。"

"我并没有阔哩。我须卖了这些,再去……"

"阿呀呀,你放了道台[7]了,还说不阔?你现在有三房姨太太;出门便是八抬的大轿,还说不阔?吓,什么都瞒不过我。"

我知道无话可说了,便闭了口,默默的站着。

"阿呀阿呀,真是愈有钱,便愈是一毫不肯放松,愈是一毫不肯放松,便愈有钱……"圆规一面愤愤的回转身,一面絮絮的说,慢慢向外走,顺便将我母亲的一副手套塞在裤腰里,出去了。

此后又有近处的本家和亲戚来访问我。我一面应酬,偷空便收拾些行李,这样的过了三四天。

一日是天气很冷的午后,我吃过午饭,坐着喝茶,觉得外面有人进来了,便回头去看。我看时,不由的非常出惊,慌忙站起身,迎着走去。

这来的便是闰土。虽然我一见便知道是闰土,但又不是我这记忆上的闰土了。他身材增加了一倍;先前的紫色的圆脸,已经变作灰黄,而且加上了很深的皱纹;眼睛也像他父亲一样,周围都肿得通红,这我知道,在海边种地的人,终日吹着海风,大抵是这样的。他头上是一顶破毡帽,身上只一件极薄的棉衣,浑身瑟索着;手里提着一个纸包和一支长烟管,那手也不是我所记得的红活圆实的手,却又粗又笨而且开裂,像是松树皮了。

我这时很兴奋,但不知道怎么说才好,只是说:

"阿!闰土哥,——你来了?……"

我接着便有许多话,想要连珠一般涌出:角鸡,跳鱼儿,贝壳,猹,……但又总觉得被什么挡着似的,单在脑里面回旋,吐不出口外去。

他站住了,脸上现出欢喜和凄凉的神情;动着嘴唇,却没有作声。他的态度终于恭敬起来了,分明的叫道:

"老爷!……"

我似乎打了一个寒噤;我就知道,我们之间已经隔了一层可悲的厚障壁了。我也说不出话。

他回过头去说,"水生,给老爷磕头。"便拖出躲在背后的孩子来,这正是一个廿年前的闰土,只是黄瘦些,颈子上没有银圈罢了。"这是第五个孩子,没有见过世面,躲躲闪闪……"

母亲和宏儿下楼来了,他们大约也听到了声音。

"老太太。信是早收到了。我实在喜欢的了不得,知道老爷回来……"闰土说。

"阿,你怎的这样客气起来。你们先前不是哥弟称呼么?还是照旧:迅哥儿。"母亲高兴的说。

"阿呀,老太太真是……这成什么规矩。那时是孩子,不懂事……"闰土说着,又叫水生上来打拱,那孩子却害羞,紧紧的只贴在他背后。

"他就是水生?第五个?都是生人,怕生也难怪的;还是宏儿和他去走走。"母亲说。

宏儿听得这话,便来招水生,水生却松松爽爽同他一路出去了。母亲叫闰土坐,他迟疑了一回,终于就了坐,将长烟管靠在桌旁,递过纸包来,说:

"冬天没有什么东西了。这一点干青豆倒是自家晒在那里的,请老爷……"

我问问他的景况。他只是摇头。

"非常难。第六个孩子也会帮忙了,却总是吃不够……又不太平……什么地方都要钱,没有定规……收成又坏。种出东西来,挑去卖,总要捐几回钱,折了本;不去卖,又只能烂掉……"

他只是摇头;脸上虽然刻着许多皱纹,却全然不动,仿佛石像一般。他大约只是觉得苦,却又形容不出,沉默了片时,便拿起烟管来默默的吸烟了。

母亲问他,知道他的家里事务忙,明天便得回去;又没有吃过午饭,便叫他自己到厨下炒饭吃去。

他出去了;母亲和我都叹息他的景况:多子,饥荒,苛税,兵,匪,官,绅,都苦得他像一个木偶人了。母亲对我说,凡是不必搬走的东西,尽可以送他,可以听他自己去拣择。

下午,他拣好了几件东西:两条长桌,四个椅子,一副香炉和烛台,一杆抬秤。他又要所有的草灰(我们这里煮饭是烧稻草的,那灰,可以做沙地的肥料),待我们启程的时候,他用船来载去。

夜间,我们又谈些闲天,都是无关紧要的话;第二天早晨,他就领了水生回去了。

又过了九日,是我们启程的日期。闰土早晨便到了,水生没有同来,却只带着一个五岁的女儿管船只。我们终日很忙碌,再没有谈天的工夫。来客也不少,有送行的,有拿东西的,有送行兼拿东西的。待到傍晚我们上船的时候,这老屋里的所有破旧大小粗细东西,已经一扫而空了。

我们的船向前走,两岸的青山在黄昏中,都装成了深黛颜色,连着退向船后梢去。

宏儿和我靠着船窗,同看外面模糊的风景,他忽然问道:

"大伯!我们什么时候回来?"

"回来?你怎么还没有走就想回来了。"

"可是,水生约我到他家玩去咧……"他睁着大的黑眼睛,痴痴的想。

我和母亲也都有些惘然,于是又提起闰土来。母亲说,那豆腐西施的杨二嫂,自从我家收拾行李以来,本是每日必到的,前天伊在灰堆里,掏出十多个碗碟来,议论之后,便定说是闰土埋着的,他可以在运灰的时候,一齐搬回家里去;杨二嫂发见了这件事,自己很以为功,便拿了那狗气杀(这是我们这里养鸡的器具,木盘上面有着栅栏,内盛食料,鸡可以伸进颈子去啄,狗却不能,只能看着气死),飞也似的跑了,亏伊装着这么高底的小脚,竟跑得这样快。

老屋离我愈远了;故乡的山水也都渐渐远离了我,但我却并不感到怎样的留恋。我只觉得我四面有看不见的高墙,将我隔成孤身,使我非常气闷;那西瓜地上的银项圈的小英雄的影像,我本来十分清楚,现在却忽地模糊了,又使我非常的悲哀。

母亲和宏儿都睡着了。

我躺着,听船底潺潺的水声,知道我在走我的路。我想:我竟与闰土隔绝到这地步了,但我们的后辈还是一气,宏儿不是正在想念水生么。我希望他们不再像我,又大家隔膜起来……然而我又不愿意他们因为要一气,都如我的辛苦展转而生活,也不愿意他们都如闰土的辛苦麻木而生活,也不愿意都如别人的辛苦恣睢而生活。他们应该有新的生活,为我们所未经生活过的。

我想到希望,忽然害怕起来了。闰土要香炉和烛台的时候,我还暗地里笑他,以为他总是崇拜偶像,什么时候都不忘却。现在我所谓希望,不也是我自己手制的偶像么?只是他的愿望切近,我的愿望茫远罢了。

我在朦胧中,眼前展开一片海边碧绿的沙地来,上面深蓝的天空中挂着一轮金黄的圆月。我想:希望是本无所谓有,无所谓无的。这正如地上的路;其实地上本没有路,走的人多了,也便成了路。

一九二一年一月。

* * *

〔1〕 本篇最初发表于1921年5月《新青年》第九卷第一号。

〔2〕 猹 作者在1929年5月4日致舒新城的信中说:"'猹'字是我据乡下人所说的声音,生造出来的,读如'查'。但我自己也不知道究竟是怎样的动物,因为这乃是闰土所说,别人不知其详。现在想起来,也许是獾罢。"

〔3〕 大祭祀的值年 封建社会中的大家族,每年都有祭祀祖先的活动,费用从族中"祭产"收入支取,由各房按年轮流主持,轮到的称为"值年"。

〔4〕 五行缺土 旧时所谓算"八字"的迷信说法。即用天干(甲乙丙丁戊己庚辛壬癸)和地支(子丑寅卯辰巳午未申酉戌亥)相

配,来记一个人出生的年、月、日、时,各得两字,合为"八字";又认为它们在五行(金、木、水、火、土)中各有所属,如甲乙寅卯属木,丙丁巳午属火等等,如八个字能包括五者,就是五行俱全。"五行缺土",就是这八个字中没有属土的字,需用土或土作偏旁的字取名等办法来弥补。

〔5〕 鬼见怕和观音手,都是小贝壳的名称。旧时浙江沿海的人把这种小贝壳用线串在一起,戴在孩子的手腕或脚踝上,认为可以"避邪"。这类名称多是根据"避邪"的意思取的。

〔6〕 西施 春秋时苎罗(今浙江诸暨南)人,越国的美女。后借以泛称一般美女。

〔7〕 道台 清朝官职道员的俗称,分总管一个区域行政职务的道员和专掌某一特定职务的道员。前者是省以下、府州以上的行政长官;后者掌管一省特定事务,如督粮道、兵备道等。辛亥革命后,北洋政府也曾沿用此制,改称道尹。

收入《呐喊》;选自《鲁迅全集》第1卷,
人民文学出版社2005年版

风　　筝[1]

　　北京的冬季,地上还有积雪,灰黑色的秃树枝丫叉于晴朗的天空中,而远处有一二风筝浮动,在我是一种惊异和悲哀。

　　故乡的风筝时节,是春二月,倘听到沙沙的风轮[2]声,仰头便能看见一个淡墨色的蟹风筝或嫩蓝色的蜈蚣风筝。还有寂寞的瓦片风筝,没有风轮,又放得很低,伶仃地显出憔悴可怜模样。但此时地上的杨柳已经发芽,早的山桃也多吐蕾,和孩子们的天上的点缀相照应,打成一片春日的温和。我现在在那里呢?四面都还是严冬的肃杀,而久经诀别的故乡的久经逝去的春天,却就在这天空中荡漾了。

　　但我是向来不爱放风筝的,不但不爱,并且嫌恶他,因为我以为这是没出息孩子所做的玩艺。和我相反的是我的小兄弟,他那时大概十岁内外罢,多病,瘦得不堪,然而最喜欢风筝,自己买不起,我又不许放,他只得张着小嘴,呆看着空中出神,有时至于小半日。远处的蟹风筝突然落下来了,他惊呼;两个瓦片风筝的缠绕解开了,他高兴得跳跃。他的这些,在我看来都是笑柄,可鄙的。

有一天,我忽然想起,似乎多日不很看见他了,但记得曾见他在后园拾枯竹。我恍然大悟似的,便跑向少有人去的一间堆积杂物的小屋去,推开门,果然就在尘封的什物堆中发见了他。他向着大方凳,坐在小凳上;便很惊惶地站了起来,失了色瑟缩着。大方凳旁靠着一个胡蝶风筝的竹骨,还没有糊上纸,凳上是一对做眼睛用的小风轮,正用红纸条装饰着,将要完工了。我在破获秘密的满足中,又很愤怒他的瞒了我的眼睛,这样苦心孤诣地来偷做没出息孩子的玩艺。我即刻伸手折断了胡蝶的一支翅骨,又将风轮掷在地下,踏扁了。论长幼,论力气,他是都敌不过我的,我当然得到完全的胜利,于是傲然走出,留他绝望地站在小屋里。后来他怎样,我不知道,也没有留心。

然而我的惩罚终于轮到了,在我们离别得很久之后,我已经是中年。我不幸偶而看了一本外国的讲论儿童的书,才知道游戏是儿童最正当的行为,玩具是儿童的大使。于是二十年来毫不忆及的幼小时候对于精神的虐杀的这一幕,忽地在眼前展开,而我的心也仿佛同时变了铅块,很重很重的堕下去了。

但心又不竟堕下去而至于断绝,他只是很重很重地堕着,堕着。

我也知道补过的方法的:送他风筝,赞成他放,劝他放,我和他一同放。我们嚷着,跑着,笑着。——然而他其时已经和我一样,早已有了胡子了。

我也知道还有一个补过的方法的:去讨他的宽恕,等他说,"我可是毫不怪你呵。"那么,我的心一定就轻松了,这确是一个可行的方法。有一回,我们会面的时候,是脸上都已添刻了许多"生"的辛苦的条纹,而我的心很沉重。我们渐渐谈起儿时的旧事来,我便叙述到这一节,自说少年时代的胡涂。"我可是毫不怪你呵。"我想,他要说了,我即刻便受了宽恕,我的心从此也宽松了罢。

"有过这样的事么?"他惊异地笑着说,就像旁听着别人的故事一样。他什么也不记得了。

全然忘却,毫无怨恨,又有什么宽恕之可言呢?无怨的恕,说谎罢了。

我还能希求什么呢?我的心只得沉重着。

现在,故乡的春天又在这异地的空中了,既给我久经逝去的儿时的回忆,而一并也带着无可把握的悲哀。我倒不如躲到肃杀的严冬中去罢,——但是,四面又明明是严冬,正给我非常的寒威和冷气。

一九二五年一月二十四日。

* * *

〔1〕 本篇最初发表于 1925 年 2 月 2 日《语丝》周刊第十二期。

〔2〕 风轮　风筝上能迎风转动发声的小轮。

收入《野草》;选自《鲁迅全集》第 2 卷,
人民文学出版社 2005 年版

死　火[1]

我梦见自己在冰山间奔驰。

这是高大的冰山,上接冰天,天上冻云弥漫,片片如鱼鳞模样。山麓有冰树林,枝叶都如松杉。一切冰冷,一切青白。

但我忽然坠在冰谷中。

上下四旁无不冰冷,青白。而一切青白冰上,却有红影无数,纠结如珊瑚网。我俯看脚下,有火焰在。

这是死火。有炎炎的形,但毫不摇动,全体冰结,像珊瑚枝;尖端还有凝固的黑烟,疑这才从火宅[2]中出,所以枯焦。这样,映在冰的四壁,而且互相反映,化为无量数影,使这冰谷,成红珊瑚色。

哈哈!

当我幼小的时候,本就爱看快舰激起的浪花,洪炉喷出的烈焰。不但爱看,还想看清。可惜他们都息息变幻,永无定形。虽然凝视又凝视,总不留下怎样一定的迹象。

死的火焰,现在先得到了你了!

我拾起死火,正要细看,那冷气已使我的指头焦灼;但是,我还熬着,将他塞入衣袋中间。冰谷四面,登时完全青白。我一面思索着走出冰谷的法子。

我的身上喷出一缕黑烟,上升如铁线蛇[3]。冰谷四面,又登时满有红焰流动,如大火聚[4],将我包围。我低头一看,死火已经燃烧,烧穿了我的衣裳,流在冰地上了。

"唉,朋友!你用了你的温热,将我惊醒了。"他说。

我连忙和他招呼,问他名姓。

"我原先被人遗弃在冰谷中,"他答非所问地说,"遗弃我的早已灭亡,消尽了。我也被冰冻冻得要死。倘使你不给我温热,使我重行烧起,我不久就须灭亡。"

"你的醒来,使我欢喜。我正在想着走出冰谷的方法;我愿意携带你去,使你永不冰结,永得燃烧。"

"唉唉!那么,我将烧完!"

"你的烧完,使我惋惜。我便将你留下,仍在这里罢。"

"唉唉!那么,我将冻灭了!"

"那么,怎么办呢?"

"但你自己,又怎么办呢?"他反而问。

"我说过了:我要出这冰谷……。"

"那我就不如烧完!"

他忽而跃起,如红彗星,并我都出冰谷口外。有大石车突然驰来,我终于碾死在车轮底下,但我还来得及看见那车就坠入冰谷中。

"哈哈!你们是再也遇不着死火了!"我得意地笑着说,

仿佛就愿意这样似的。

一九二五年四月二十三日。

* * *

〔1〕 本篇最初发表于1925年5月4日《语丝》周刊第二十五期。

〔2〕 火宅　佛家语,《法华经·譬喻品》中说:"三界(按这里指欲界、色界、无色界,泛指世界)无安,犹如火宅,众苦充满,甚可怖畏,常有生老病死忧患,如是等火,炽然不息。"

〔3〕 铁线蛇　又名盲蛇,无毒,状如蚯蚓,是我国最小的一种蛇。分布于浙江、福建等地。

〔4〕 火聚　佛家语,猛火聚集的地方。

收入《野草》;选自《鲁迅全集》第2卷,
人民文学出版社2005年版

记念刘和珍君[1]

一

中华民国十五年三月二十五日,就是国立北京女子师范大学为十八日在段祺瑞执政府前遇害的刘和珍杨德群[2]两君开追悼会的那一天,我独在礼堂外徘徊,遇见程君[3],前来问我道,"先生可曾为刘和珍写了一点什么没有?"我说"没有"。她就正告我,"先生还是写一点罢;刘和珍生前就很爱看先生的文章。"

这是我知道的,凡我所编辑的期刊,大概是因为往往有始无终之故罢,销行一向就甚为寥落,然而在这样的生活艰难中,毅然预定了《莽原》[4]全年的就有她。我也早觉得有写一点东西的必要了,这虽然于死者毫不相干,但在生者,却大抵只能如此而已。倘使我能够相信真有所谓"在天之灵",那自然可以得到更大的安慰,——但是,现在,却只能如此而已。

可是我实在无话可说。我只觉得所住的并非人间。四十多个青年的血,洋溢在我的周围,使我艰于呼吸视听,那里还能有什么言语？长歌当哭，是必须在痛定之后的。而此后几个所谓学者文人的阴险的论调，尤使我觉得悲哀。我已经出离愤怒了。我将深味这非人间的浓黑的悲凉；以我的最大哀痛显示于非人间，使它们快意于我的苦痛，就将这作为后死者的菲薄的祭品，奉献于逝者的灵前。

二

真的猛士，敢于直面惨淡的人生，敢于正视淋漓的鲜血。这是怎样的哀痛者和幸福者？然而造化又常常为庸人设计，以时间的流驶，来洗涤旧迹，仅使留下淡红的血色和微漠的悲哀。在这淡红的血色和微漠的悲哀中，又给人暂得偷生，维持着这似人非人的世界。我不知道这样的世界何时是一个尽头！

我们还在这样的世上活着；我也早觉得有写一点东西的必要了。离三月十八日也已有两星期，忘却的救主快要降临了罢，我正有写一点东西的必要了。

三

在四十余被害的青年之中，刘和珍君是我的学生。学生云者，我向来这样想，这样说，现在却觉得有些踌躇了，我应该对她奉献我的悲哀与尊敬。她不是"苟活到现在的我"的学生,是为了中国而死的中国的青年。

　　她的姓名第一次为我所见,是在去年夏初杨荫榆女士做女子师范大学校长,开除校中六个学生自治会职员的时候。[5]其中的一个就是她;但是我不认识。直到后来,也许已经是刘百昭率领男女武将,强拖出校之后了,才有人指着一个学生告诉我,说:这就是刘和珍。其时我才能将姓名和实体联合起来,心中却暗自诧异。我平素想,能够不为势利所屈,反抗一广有羽翼的校长的学生,无论如何,总该是有些桀骜锋利的,但她却常常微笑着,态度很温和。待到偏安于宗帽胡同[6],赁屋授课之后,她才始来听我的讲义,于是见面的回数就较多了,也还是始终微笑着,态度很温和。待到学校恢复旧观[7],往日的教职员以为责任已尽,准备陆续引退的时候,我才见她虑及母校前途,黯然至于泣下。此后似乎就不相见。总之,在我的记忆上,那一次就是永别了。

四

　　我在十八日早晨,才知道上午有群众向执政府请愿的事;下午便得到噩耗,说卫队居然开枪,死伤至数百人,而刘和珍君即在遇害者之列。但我对于这些传说,竟至于颇为怀疑。我向来是不惮以最坏的恶意,来推测中国人的,然而我还不料,也不信竟会下劣凶残到这地步。况且始终微笑着的和蔼的刘和珍君,更何至于无端在府门前喋血呢?

然而即日证明是事实了,作证的便是她自己的尸骸。还有一具,是杨德群君的。而且又证明着这不但是杀害,简直是虐杀,因为身体上还有棍棒的伤痕。

但段政府就有令,说她们是"暴徒"!

但接着就有流言,说她们是受人利用的。

惨象,已使我目不忍视了;流言,尤使我耳不忍闻。我还有什么话可说呢?我懂得衰亡民族之所以默无声息的缘由了。沉默呵,沉默呵!不在沉默中爆发,就在沉默中灭亡。

五

但是,我还有要说的话。

我没有亲见;听说,她,刘和珍君,那时是欣然前往的。自然,请愿而已,稍有人心者,谁也不会料到有这样的罗网。但竟在执政府前中弹了,从背部入,斜穿心肺,已是致命的创伤,只是没有便死。同去的张静淑[8]君想扶起她,中了四弹,其一是手枪,立仆;同去的杨德群君又想去扶起她,也被击,弹从左肩入,穿胸偏右出,也立仆。但她还能坐起来,一个兵在她头部及胸部猛击两棍,于是死掉了。

始终微笑的和蔼的刘和珍君确是死掉了,这是真的,有她自己的尸骸为证;沉勇而友爱的杨德群君也死掉了,有她自己的尸骸为证;只有一样沉勇而友爱的张静淑君还在医院里呻吟。当三个女子从容地转辗于义明人所发明的枪弹的攒射中的时候,这是怎样的一个惊心动魄的伟大呵!中国军人的屠戮妇婴的伟绩,八国联军的惩创学生的武功,不幸全被这几缕血痕抹杀了。

但是中外的杀人者却居然昂起头来,不知道个个脸上有着血污……。

六

时间永是流驶,街市依旧太平,有限的几个生命,在中国是不算什么的,至多,不过供无恶意的闲人以饭后的谈资,或者给有恶意的闲人作"流言"的种子。至于此外的深的意义,我总觉得很寥寥,因为这实在不过是徒手的请愿。人类的血战前行的历史,正如煤的形成,当时用大量的木材,结果却只是一小块,但请愿是不在其中的,更何况是徒手。

然而既然有了血痕了,当然不觉要扩大。至少,也当浸渍了亲族,师友,爱人的心,纵使时光流驶,洗成绯红,也会在微漠的悲哀中永存微笑的和蔼的旧影。陶潜[9]说过,"亲戚或余悲,他人亦已歌,死去何所道,托体同山阿。"倘能如此,这也就够了。

七

我已经说过:我向来是不惮以最坏的恶意来推测中国人

的。但这回却很有几点出于我的意外。一是当局者竟会这样地凶残,一是流言家竟至如此之下劣,一是中国的女性临难竟能如是之从容。

我目睹中国女子的办事,是始于去年的,虽然是少数,但看那干练坚决,百折不回的气概,曾经屡次为之感叹。至于这一回在弹雨中互相救助,虽殒身不恤的事实,则更足为中国女子的勇毅,虽遭阴谋秘计,压抑至数千年,而终于没有消亡的明证了。倘要寻求这一次死伤者对于将来的意义,意义就在此罢。

苟活者在淡红的血色中,会依稀看见微茫的希望;真的猛士,将更奋然而前行。

呜呼,我说不出话,但以此记念刘和珍君!

四月一日。

*　　　*　　　*

〔1〕 本篇最初发表于1926年4月12日《语丝》周刊第七十四期。

〔2〕 刘和珍(1904—1926),江西南昌人,北京女子师范大学英文系学生。杨德群(1902—1926),湖南湘阴人,北京女子师范大学国文系预科学生。

〔3〕 程君　指程毅志,湖北孝感人,北京女子师范大学教育系学生。

〔4〕 《莽原》　参见《小引》篇注〔4〕。这里所说的"毅然预定了《莽原》全年",指《莽原》半月刊。

〔5〕 在北京女子师范大学学生反对校长杨荫榆的风潮中,杨于1925年5月7日借召开"国耻纪念会"之机,强行登台做主席,但当即为全场学生的嘘声所驱赶。下午,她在西安饭店召集若干教员宴饮,策划迫害学生。9日,以评议会名义开除许广平、刘和珍、蒲振声、张平江、郑德音、姜伯谛等六个学生自治会职员的学籍。

〔6〕 偏安于宗帽胡同 反对杨荫榆的女师大学生被赶出学校后,在西城宗帽胡同租赁房屋作为临时校舍,于1925年9月21日开学。当时鲁迅和部分教师曾去义务授课,表示支持。

〔7〕 学校恢复旧观 女师大学生经过一年多的斗争,在社会进步力量的声援下,于1925年11月30日迁回宣武门内石驸马大街原址,宣告复校。

〔8〕 张静淑(1902—1978) 湖南长沙人,北京女子师范大学教育系学生。受伤后经医治,幸得不死。

〔9〕 陶潜 即陶渊明(约365—427),名潜,字元亮,浔阳柴桑(今江西九江)人,东晋诗人。有《归园田居》《饮酒》《五柳先生传》等诗文存世。南朝梁昭明太子萧统辑有《陶渊明集》。这里引用的是陶渊明所作《挽歌》中的四句。

收入《华盖集续编》;选自《鲁迅全集》第3卷,
人民文学出版社2005年版

附　录　二

"尘海苍茫沉百感"

——读《朝花夕拾》

关中杰

《朝花夕拾》是鲁迅的回忆性散文集,写于 1926 年 2 月至 11 月间,凡十篇。前五篇写于北京,开始时他因支持女师大学生运动,正继续与《现代评论》派文人进行论战,接着发生了三一八惨案,更因其谴责段祺瑞政府的暴行而受到通缉,生活极不安定;后五篇写于厦门大学,用他自己的话说,其时,他"已经是被学者们挤出集团之后了"。因为写作心境不同,文章的情调也并不完全一致。在北京时,因正处于鏖战之中,故即使写作回忆散文,亦多杂文笔调,有些篇幅且有论战语气;而到厦门之后,被"供"在图书馆楼上,受到"敬鬼神而远之"式的待遇,在这寂静中,往事浮上心头,他接连写了五篇回忆散文,其间杂文笔调少了,讽刺更多地隐含在平静的叙述之中。这十篇散文,曾以"旧事重提"为总题,陆续发表在《莽原》杂志上。到了 1927 年广州四一五政变之后,鲁迅因营救被捕学生无效,愤而辞去中山大学教职,在白色恐怖中,住在白云楼寓所,整理旧稿。他在编定散文诗集《野草》之后,又将这十篇回忆散文汇拢,加写了《小引》和《后记》,编成一集,改了一个更好听的名称:《朝花夕拾》。

《朝花夕拾》与一般的自传或回忆录的写法不同,它不是个人生活的编年史,而只是从生活回忆中选取若干有意义的片段,写成一组既各自独立又具有连续性的系列散文。鲁迅的生活阅历相当丰富,即使在本书所反映的青少年时代,可写之事也很多,但他只从中选取了十个题目,这与他一贯主张的"选材要严,开掘要深"的谨严的写作态度有关。这十篇散文,每篇都有很深的思想意义和很高的艺术水平,在回忆散文中,属上乘之作。

鲁迅写作《朝花夕拾》时,五四运动早已退潮,但是鲁迅却仍旧锲而不舍地坚持五四精神,提倡人的解放。儿童解放是人的解放的重要组成部分,早在五四时期,鲁迅就写过《我们现在怎样做父亲》以及《随感录》二十五、四十九、六十三等文章,对儿童解放问题加以深入探讨,《朝花夕拾》既然有很大一部分是回忆儿时生活的,这个问题必然成为重要内容。书中所写儿童读物的匮乏、儿童教育的悖情,都与此有关。《〈二十四孝图〉》一文开头,作者以极其急切的口气说:"我总要上下四方寻求,得到一种最黑,最黑,最黑的咒文,先来诅咒一切反对白话,妨害白话者。即使人死了真有灵魂,因这最恶的心,应该堕入地狱,也将决不改悔,总要先来诅咒一切反对白话,妨害白话者。"原因也就在于,自从五四"文学革命"运动提倡白话文以来,"供给孩子的书籍……总算有图有说,只要能读下去,就可以懂得的了。可是一班别有心肠的人们,便竭力来阻遏它,要使孩子的世界中,没有一丝乐趣"。鲁迅把这些人比作蒸吃小儿的麻叔谋,甚至认为他们的为害远甚于麻叔谋,因为麻叔谋的吃小孩究竟也还有限,而"妨害白话者的流毒却甚于洪水猛兽,非常广大,也非常长久,能使全中国化成一个麻胡,凡有孩子都死在他肚子里"。鲁迅回忆他小时候与他的小同学们因为专读"人之初,性本善"等读得要枯燥而死了,多么想要看看那种有图有说的书啊,但是,凡是有图的书都被老师禁止。他所得到的最先的画图本子,是一位长辈的赠品:《二十四孝图》。这虽然不过薄薄的一本书,但是下图上说,鬼少人多,又为他一人所独有,使他高兴极了。但高兴之余,接着就是扫兴。因为这一本"孝子的教科书"里所说的二十四个孝子的故事,多有暌情违理之处。幼年鲁迅觉得,其中有些自然也可以勉力仿效的,如"子路负米"、"黄香扇枕"之类,"陆绩怀橘"也并不难,而"哭竹生笋"就可疑,一到"卧冰求鲤"可就有性命之虞了。而最使他反感的,则是"老莱娱亲"和"郭巨埋儿"。前者写一个七十岁的老头,为了娱亲,常著五色斑斓之衣,为婴儿戏于亲侧,又常取水上堂,诈跌仆地,作婴儿啼。这一个"诈"字,就违背了儿童纯真的心理。而后者却说郭巨家贫,为了养亲,要将儿子埋掉,更是残忍之全。鲁迅批评这本"孝子教科书"道:"正如将'肉麻当作有趣'一般，以不情为伦纪，诬蔑了古人，教坏了后人。"他就以儿童的纯真心理，揭穿了封建孝道的虚伪性和残酷性。而这种儿童心理，却是封建社会的家长和教师们所不能体察的。《五猖会》写父亲在他兴高采烈地将要上船去看赛会之时，却要他上新课，背新书，"背不出，就不准去看会"。虽然终于背出来了，大家都为他高兴，工人将他高高地抱起，仿佛祝贺他成功一般，快步走在前头，但是，他说："我却并没有他们那么高兴。开船以后，水路中的风景，盒子里的点心，以及到了东关的五猖会的热闹，对于我似乎都没有什么大意思。"而且在文末还写着："我至今一想起，还诧异我的父亲何以要在那时候叫我来背书。"可见家长与儿童在心理上是隔膜之至。《从百草园到三味书屋》又写出了书塾生活的乏味和压抑，那时候，老师只让学生终日读书、习字、对课，连发问也不允许。这怎么能满足儿童的好奇心与求知欲，怎么能适应儿童活泼的天性呢？他们自然只好趁先生不注意时，溜到后园去玩，或在先生读书入神的时候，画画或做游戏。——鲁迅正是以自己切身的感受，写出了旧时儿童教育的不合理性，以唤起人们的注意。

《朝花夕拾》虽然是个人生活的回忆，而且选取的都是极平常的细节，没有宏伟的场面，也不正面描写重大的历史事件，但是，透过这些平常的细节，我们仍能看到时代的风貌，感到历史的变迁。且不说《五猖会》、《无常》等篇为我们提供了晚清时期的民俗画面，甚可玩味，单是《琐记》一文所记，就使我们看到那时社会思想之保守,进行改革之难,和新学堂之不成气候。绍兴的中西学堂,西学本来就并不多,只有算学、英文和法文几门课程,但就已成为众矢之的,为全城所笑骂。熟读"圣贤之书"的秀才们,还集了"四书"的句子,做一篇八股来嘲诮它。洋务派大臣在南京所办之水师学堂,鲁迅是用"乌烟瘴气"四个字来概括它的。他选用了两个细节来表现这种"乌烟瘴气":一是头二班生和三班生等级森严,前者还要摆出一副螃蟹式的姿势,横行霸道;二是这个水师学堂的游泳池,因为淹死了两个年幼的学生,就填平了,不但填平,而且还在上面造了一座关帝庙,每年七月十五鬼节时,还要请一群和尚到风雨操场来放焰口。这哪里还有一点新的气息呢?鲁迅后来转学过去的陆师矿路学堂也不太高明,这只要看看作品中所写的青龙山煤矿的情况就可知道。这学堂的设立,原是因为两江总督听到青龙山煤矿的出息好,所以开手的,待到开学时,煤矿那边已将原先的技师辞退,换了一个不甚了然的人,于是不到一年,就连煤在哪里也不甚了然起来。"到第三年我们下矿洞去看的时候,情形实在颇凄凉,抽水机当然还在转动,矿洞里积水却有半尺深,上面也点滴而下,几个矿工便在这里面鬼一般工作着。"而这种凄凉的情景,大致也就象征着中国洋务运动的命运。但是,看新书的风气却在学生中流行起来了。《时务报》、《天演论》成为流行读物,这给青年人打开了新的眼界。除了新党总办的影响外,大概也是时代的风气使然吧!因为洋务运动的失败,接着起来的是维新变法运动;而戊戌变法的失败,又唤醒了革命党人。待鲁迅到达日本不久,中国的革命运动就蓬勃兴起,而且日本东京就是革命党人聚集之区。这一点,《范爱农》一文中有所反映。不过,鲁迅从来不去正面地描写革命斗争,无论是在小说中还是在散文中。他大抵是从更高的层面上去揭示革命运动中所存在的问题。文中所写对于辛亥革命的观感即是显例。辛亥革命发生时,鲁迅和范爱农都已回到故乡,范爱农特地进城来邀约鲁迅一同上街去看光复的绍兴:"我们便到街上去走了一通,满眼是白旗。然而貌虽如此,内骨子是依旧的,因为还是几个旧乡绅所组织的军政府,什么铁路股东是行政司长,钱店掌柜是军械司长⋯⋯。"就这淡淡的几笔,即把辛亥革命的不彻底性,政府组织换汤不换药的情况揭露出来了。这使我们想到《阿Q正传》中所描写的革命党进城后的情况:"据传来的消息,知道革命党虽然进了城,倒还没有什么大异样。知县大老爷还是原官,不过改称了什么,而且举人老爷也做了什么——这些名目,未庄人都说不明白——官,带兵的也还是先前的老把总。"这两段文字,实在有异曲同工之妙。透过这些笔墨,作者把这场革命的结局给写出来了。

《朝花夕拾》每篇文章的写法不同,有些以叙事为主,有些则标明是专写某一个人物的,但叙事也离不开人物,无论是何种写法,所写人物都跃然纸上。《朝花夕拾》中着笔较多的是长妈妈、藤野先生和范爱农。长妈妈是鲁迅幼年时的保姆,文章就从儿童的眼光来加以观察。长妈妈这个人物的出现,首先是在《狗·猫·鼠》一文的末尾,提到了她一脚踏死了隐鼠之事。接着,才在《阿长与〈山海经〉》里对她展开描写。所写虽多日常生活细事,但很传神。写她常喜欢切切察察,向人们低声絮说什么事,使人很疑心家庭风波与此有些关系;写她旧规矩很多,如元旦早上的古怪仪式,实在是烦琐之至;写她管"我"非常严,不许走动,拔一株草,翻一块石头,就说是顽皮,要告诉"我"的母亲去,但其实却并不能好好照顾"我",一到夏天,睡觉时她伸开两脚两手,在床中间摆成一个"大"字,挤得"我"没有翻身余地;更妙的是写她讲述长毛的故事,结尾说:"我们就没有用么?我们也要被掳去。城外有兵来攻的时候,长毛就叫我们脱下裤子,一排一排地站在城墙上,外面的大炮就放不出来;再要放,就炸了!"通过这几个细节,就表现出一个烦琐、粗俗和愚昧的佣妇形象来。但是这并不是长妈妈的全部。作者又通过她为"我"买《山海经》之事,表现出了她性格的另一面:细心和有爱心。幼年鲁迅自从知道有《山海经》这部有画的书以后,一直想要而却总是得不到,没想到长妈妈在告假回去时,却给他买来了。"哥儿,有画儿的'三哼经',我给你买来了!"这使幼年鲁迅高兴得"似乎遇着了一个霹雳,全体都震悚起来"。文中接着写道:"这又使我发生新的敬意了,别人不肯做,或不能做的事,她却能够做成功。她确有伟大的神力。谋害隐鼠的怨恨,从此完全消灭了。"这一切都是从一个小孩子的视角和感受出发来描写的,也表现出了一种童趣。写藤野先生,则用的是对比的手法。

作者用了两种对比：一是藤野先生衣着的马虎和教学、研究态度之认真的对比；一是日本学生受军国主义的影响对中国学生因歧视而寻衅，与藤野先生对中国学生热心的希望和不倦的教诲的对比。在这对比中，既写出了藤野先生的崇高品格，也写出了作者对他的感情。在作者的心目中，藤野先生的人格力量是伟大的，对他的影响也是深远的。但作者并没有用过分张扬的文字来描写这种影响，而只记叙了这样的事实："只有他的照相至今还挂在我北京寓居的东墙上，书桌对面。每当夜间疲倦，正想偷懒时，仰面在灯光中瞥见他黑瘦的面貌，似乎正要说出抑扬顿挫的话来，便使我忽又良心发现，而且增加勇气了，于是点上一枝烟，再继续写些为'正人君子'之流所深恶痛疾的文字。"这个结尾，意味十分深长。范爱农则是一个十分复杂的性格，作者写他的相貌："这是一个高大身材，长头发，眼球白多黑少的人，看人总像在渺视。"他愤世嫉俗，常有一些为常人所不大理解的行动。比如，他老师徐锡麟因刺杀安徽巡抚恩铭，而被恩铭的亲兵挖出心来炒食净尽，于是在日本东京的同乡们就开会，吊烈士，骂满洲，有人主张发电报到北京，痛斥满清政府的无人道，但作为徐锡麟学生的范爱农，却反对道："杀的杀掉了，死的死掉了，还发什么屁电报呢。"这就引起别人的愤怒。但范爱农绝不是一个不负责任的人，作者只用几句话，就把他更本质的一面写出来了："爱农做监学，还是那件布袍子，但不大喝酒了，也很少有工夫谈闲天。他办事，兼教书，实在勤快得可以。"可惜环境对他不利，只有鲁迅做校长时，才会请他做监学，鲁迅走后，他就被接任的孔教会会长去掉了。社会环境逼得他非沉沦不可。范爱农的形象，使我们想起了鲁迅小说《孤独者》的主人翁魏连殳，他们都是以变异的心态来反抗社会，而不为社会所容，不为人们所理解的人。将这两篇文章参读，很可以得到一些启示。

　　《朝花夕拾》中有些人物形象，虽着墨不多，但寥寥几笔，而神情毕肖。如寿镜吾，如父亲，如陈莲河，如某名医，如衍太太。这里只举寿镜吾和衍太太为例。寿镜吾是三味书屋的老师，"他是本城中极方正，质朴，博学的人"，但是，当"我"问他"也很渊博"的东方朔之事时，他却说"不知道"，而且"似乎很不高兴，脸上还有怒色了"。他对学生很严厉，但并不苛刻："他有一条戒尺，但是不常用，也有罚跪的规则，但也不常用，普通总不过瞪几眼，大声道：'读书！'"而且他自己也和学生们一起大声读书，读得非常陶醉，以致学生们声音低下去，静下去，大家各做自己的小动作也不觉察。特别传神的是写他大声朗读《李克用置酒三垂岗赋》时的情景，作者说："我疑心这是极好的文章，因为读到这里，他总是微笑起来，而且将头仰起，摇着，向后面拗过去，拗过去。"寿镜吾实在是一个既古板又可爱的人物。作者笔下虽然不无调侃的笔调，但是带着很大的敬意的。而衍太太则是一个令人讨厌的人。她最先的出现，是在《父亲的病》一文的末尾。父亲临终前需要平静，而"精通礼节"的衍太太却要叫"我"大声唤叫父亲，弄得父亲

"已经平静下去的脸,忽然紧张了,将眼微微一睁,仿佛有一些苦痛"。但是衍太太仍催促"我"叫,一直到父亲咽了气。作者说:"我现在还听到那时的自己的这声音,每听到时,就觉得这却是我对于父亲的最大的错处。"如果说,这或者还可以归结于旧礼节的害处,那么,《琐记》里所写,就表现出衍太太的坏品德了。"她对自己的儿子虽然狠,对别家的孩子却好的",而这所谓好,却是怂恿别人家的孩子在冬天比赛吃冰,或者比赛打旋,而在有的孩子旋得跌倒,被自家大人看见时,衍太太却说:"你看,不是跌了么?不听我的话。我叫你不要旋,不要旋……。"而且,她还拿春画给未成年的"我"看,并教唆"我"去偷母亲的首饰变卖,"我"并没有偷,她却放出流言来了。在这里,作者只选取了几件极平常的事情,用极平静的语调叙述,就显示出了一个人灵魂深处的东西。当然,《朝花夕拾》作为叙事文学,真正的主人翁还是叙事主体,即作者自己。但本书与一般的回忆录不同,作者并没有进行大段的自我描写和内心独白,而是在叙事、写人中展示了自己的内心世界。

鲁迅文章的总体风格是:简练、平实而具有幽默感。他的小说是这样,他的散文也是如此。鲁迅的文章之所以能写得简练、平实,是由于他的文字已退尽火爆之气,而到达炉火纯青的地步。在《朝花夕拾》里,没有单纯的写景,没有大段的抒情,写景、抒情,往往是与叙事结合在一起,且以平实的文字出之,却显得非常深沉。比如,《范爱农》一文的末尾云:"现在不知他唯一的女儿景况如何？倘在上学,中学已该毕业了罢。"淡淡的一句话,就表现出对亡友的深切的感情。而《从百草园到三味书屋》那段有名的描写百草园的文字"不必说碧绿的菜畦,光滑的石井栏,高大的皂荚树,紫红的桑椹;也不必说鸣蝉在树叶里长吟,肥胖的黄蜂伏在菜花上,轻捷的叫天子(云雀)忽然从草间直窜向云霄里去了。单是周围的短短的泥墙根一带,就有无限趣味。油蛉在这里低唱,蟋蟀们在这里弹琴。……"其实不但是写景,而且也是在抒情。这是从幼年鲁迅的眼光看去,后园的景色才会这样美,也为后文作了叙事上的铺垫。

鲁迅说:"创作是有社会性的。"他本人是一位社会性很强的作家,所以他文章中的幽默感不是轻松的说笑话,而是深刻的社会讽刺。但是,他从来不写"奇闻"或"怪现状",亦从不疾言厉色、剑拔弩张,所写皆公然、常见之事,亦以平实笔调出之,故很耐咀嚼,回味无穷。比如对于清末留日学生,过去曾有一部小说,叫《留东外史》,多记其荒唐事,虽有可读性,却缺乏讽刺力量,只能说是一部暴露小说。而鲁迅在《藤野先生》一文中则另有一种写法,仅有两小段平淡的叙述,就把当时一些留学生的心态、作为,和作者对他们的厌恶之情,都表达出来了:

东京也无非是这样。上野的樱花烂熳的时节,望去确也像绯红的轻云,但花下也缺不了成群结队的"清国留学生"的速成班,头顶上盘着大辫子,顶得学生制帽的顶上高高耸起,形成一座富士山。也有解散辫子,盘得平的,除下帽来,油光可鉴,宛如小姑娘的发髻一般,还要将脖子扭几扭。实在标致极了。

中国留学生会馆的门房里有几本书买,有时还值得去一转;倘在上午,里面的几间洋房倒也还可以坐坐的。但到傍晚,有一间的地板便常不免要咚咚咚地响得震天,兼以满房烟尘斗乱;问问精通时事的人,答道,"那是在学跳舞。"

这使我们想起鲁迅在一篇名为《杂论管闲事·做学问·灰色等》的杂文里所写的:"现在的留学生是多多,多多了,但我总疑心他们大部分是在外国租了房子,关起门来炖牛肉吃的,而且在东京实在也看见过。……"二文参读,也许可以加深领会文义。但《藤野先生》中这两段文字,不但写出了留学生们的不求进取,而且写出了他们自以为很美的丑态。除了在这样的整段描写中,意含讥讽以外,更多的是在叙事中顺带一笔,亦产生强烈的讽刺效果。如《无常》中有句云:"我也没有研究过小乘佛教的经典,但据耳食之谈,则在印度的佛经里,焰摩天是有的,牛首阿旁也有的,都在地狱里做主任。"这里,"据耳食之谈",是讽刺那些自以为见多识广,强调"眼学"的考据家的;而"都在地狱里做主任"一语,则讽刺意义就更广了。此文又云:"至于无常何以没有亲儿女,到今年可很容易解释了:鬼神能前知,他怕儿女一多,爱说闲话的就要旁敲侧击地锻成他拿卢布,所以不但研究,还早已实行了'节育'了。"这段文字正是神来之笔,一下子将鬼神之事拉到现实的斗争中去,产生了很大的讽刺力量。在《朝花夕拾》中,这种顺手刺之的文字还很不少,而且有些地方,讽刺得更加隐晦,需要细细品味,才能领悟。

是的,鲁迅的文章,是需要细读的。

(吴中杰,复旦大学中文系教授,鲁迅研究专家、文艺理论家)

和中学生朋友谈谈如何读《朝花夕拾》

温儒敏

《朝花夕拾》一共十篇,文章都不长,最好能够完整地读下来。《从百草园到三味书屋》回忆上学前后那一段童年生活,《阿长与〈山海经〉》怀念保姆长妈妈,《藤野先生》写日本留学生活以及师生情谊。这三篇语文课上都要学的,我这里先不去说,其他几篇多说一点,提示阅读时应当关注的问题,以及可能碰到的障碍。

这两篇比较难读,别一开头就给难倒了

《朝花夕拾》中有两篇读起来可能比较难一些,会有阅读障碍,那就是《狗·猫·鼠》和《〈二十四孝图〉》,这里特别要说一说的。《狗·猫·鼠》写孩子眼中的宠物与动物世界,说的是鲁迅为何会"仇猫",也就是讨厌猫,为什么会有这个心理暗影。原来小时候鲁迅养过一只"隐鼠",可爱的小老鼠,

后来死了，他以为是被猫吃掉了，就很伤心，总想着要给老鼠报仇，而且终生都变得"仇猫"。这里写得好的是孩子的心理，非常真切感人。我一边读，一边会想到自己的童年。在大人看来不值得一提的某些琐碎的事情，在孩子的心目中可能是非常重要的。很多同学小时候可能都喜欢动物，我们读的童话中动物往往都是通人性的，动物的世界和孩子的世界似乎没有什么界限。这种混淆容易被看作幼稚，其实又可能包含有某种人性的柔弱与善良。而到了成年，这些都会被改变。鲁迅回忆自己小时候为什么会"仇猫"，写得那样感人，同学们阅读时会把兴趣放到这里，会勾起自己的回忆，这也是很自然的。

　　但这篇文章却不只是回忆有趣的童年经历，鲁迅在叙说自己"仇猫"心理的来由的同时，涉及和当时一些所谓"名流"的论争。文章有一半篇幅是在讽刺那些"名流"的虚伪，说他们做坏事的前后还要先啰唆许多堂而皇之的"理由"，甚至还比不上动物界"适性任情"。同学们读到这些故事之外的议论，可能有些困惑。要知道，鲁迅的文章常常这样，从事情本身延伸出去，联想或者思考某些更加深远的道理，使文章的思想性更加丰富。《狗·猫·鼠》似乎写得很随意，说到哪里是哪里，读起来会觉得"散"，抓不住我们所习惯的"中心思想"。其实这也是散文特别是随笔的一种写法，我们就顺着鲁迅的叙述和议论去读好了，不必总想着要归纳某个"主题思想"。至于文中牵涉到某些背景，可能影响阅读理解，则可以参考注释或者相关材料,多少知道鲁迅的批判所指,也就可以了。《狗·猫·鼠》是《朝花夕拾》开头第一篇,可不能因为读起来比较难,就读不下去了。

另一篇比较难的,是《〈二十四孝图〉》。这《二十四孝图》是元代开始流行的宣传儒家孝道思想的普及读物,有图有文,讲述了传说中二十四位古人如何孝敬父母的故事。孝敬父母本来是必须的,是一种基本的道德。但在封建社会,往往把这个道德要求极端发挥,变成可以牺牲子女的幸福去无条件服从父母,甚至有很多非常苛刻的毫无人性的做法,也成为要人们学习的楷模。比如鲁迅这篇作品提到的"郭巨埋儿",说的是晋代有一孝子郭巨,家贫,有个三岁孩子,还有个老母亲。因为要侍奉老母亲,怕老母亲照顾孙子而减少她自己的进食,居然要掘个坑把孩子埋掉。另外还提到"老莱娱亲",说老莱孝养二老双亲,自己七十岁了,为了使老父母快乐,还经常穿着彩衣,做婴儿的动作。还有,"卧冰求鲤",讲晋代有一人叫王祥,他的母亲在冬天想吃鲜鱼,但天寒冰冻,打不到鱼呀,他就解衣卧冰求之。结果冰突然开裂,双鲤跃出,持归供母。总之都是这一类牺牲后代以孝敬父母的故事,是非人性的。五四时期那些改革的先驱者就激烈抨击儒家这些迂腐的思想。鲁迅这篇《〈二十四孝图〉》,和其他几篇不太一样,杂文的议论比较多,批判性很强。开头就是这样一段:

我总要上下四方寻求,得到一种最黑,最黑,最黑的咒文,先来诅咒一切反对白话,妨害白话者。即使人死了真有灵魂,因这最恶的心,应该堕入地狱,也将决不改悔,总要先来诅咒一切反对白话,妨害白话者。

为什么这么激烈?因为鲁迅写这篇文章时,一些复古文人正在企图剿灭五四新文化运动所提倡的白话文,鲁迅要毫不留情地回击。我们懂得了这个背景,就好理解作者为何用许多笔墨来写自己小时候读《二十四孝图》时的那种困惑与反感了。比如回忆读"郭巨埋儿"的故事时,有这么一段心理描写,也是带有讽刺与批判的:

我最初实在替这孩子捏一把汗,待到掘出黄金一釜,这才觉得轻松。然而我已经不但自己不敢再想做孝子,并且怕我父亲去做孝子了。家景正在坏下去,常听到父母愁柴米;祖母又老了,倘使我的父亲竟学了郭巨,那么,该埋的不正是我么?如果一丝不走样,也掘出一釜黄金来,那自然是如天之福,但是,那时我虽然年纪小,似乎也明白天下未必有这样的巧事。

现在想起来,实在很觉得傻气。这是因为现在已经知道了这些老玩意,本来谁也不实行。

阅读《狗·猫·鼠》和《〈二十四孝图〉》,不要完全当作故事来读,要适当关注其中的批判性内容,这样,也就比较能理解,比较读得进去,而且会很有兴味。如果这两篇都有兴趣读完,说明你的理解力和阅读能力相当不错了,那么阅读整个《朝花夕拾》也就没有什么大问题了。

其余各篇都挺有趣的,提示一下吧

其他几篇相对是比较好读的。

《五猖会》这一篇比较短,也收到教材中作为"精彩选篇"。这篇作品前半部分写迎神赛会和五猖会,都是民间的风俗,现在看来离我们很遥远的。你看看鲁迅笔下的那种热闹情形:

> ……记得有一回,也亲见过较盛的赛会。开首是一个孩子骑马先来,称为"塘报";过了许久,"高照"到了,长竹竿揭起一条很长的旗,一个汗流浃背的胖大汉用两手托着;他高兴的时候,就肯将竿头放在头顶或牙齿上,甚而至于鼻尖。其次是所谓"高跷","抬阁","马头"了;还有扮犯人的,红衣枷锁,内中也有孩子。我那时觉得这些都是有光荣的事业,与闻其事的即全是大有运气的人,——大概羡慕他们的出风头罢。我想,我为什么不生一场重病,使我的母亲也好到庙里去许下一个"扮犯人"的心愿的呢?……然而我到现在终于没有和赛会发生关系过。

写得多么有趣!而且这一切是通过孩子的眼光去看,通过孩子的心理去想象的。孩子多么想去看难得一见的五猖会呀!可是文章后半部分笔锋一转,写到这兴头上,父亲却如何让孩子背书。好不容易背完了,煞风景,兴味也全无了。以至鲁迅成年之后,一想起这事,"还诧异我的父亲何以要在那时候叫我来背书"。那么有情趣的一件事,却这样结束,留给孩子很尴尬无奈的记忆。可能有些评论或者有些老师非得把这篇文章的主题说成是对于封建家长制和僵化的旧教育的批判。虽然这也可以自成一说,但我觉得也不必把"主题"提拔得这么严重。现如今的家长也完全可能会这样的,他们不一定能细致地意识到必须尽可能呵护孩子的心灵世界,照顾孩子的好奇心。这几乎是"常态"。那么我们读这篇作品,一是对诸如迎神赛会和五猖会这样的民俗多一份了解,另外对成长过程中很难避免的所谓"代隔",也有所了解。这就够了。我觉得读《朝花夕拾》,可以放松一点,那才读得更加有味。

《无常》是写民间传说与戏剧的,其中主要写"无常"这种传说中的"鬼"。现在提到"鬼"大家都会说是迷信,不存在的。但在老辈人那里,"鬼"是一种很普遍的,似有实无,而且又时常对人产生影响,甚至让人惧怕的事物。我小时候就特别怕听却又特别喜欢听"鬼"的故事,那种刺激,那种想象,是同学们现在所不了解的。鲁迅写"无常",其实也是写他们那个时代童年文化生活的一个部分。我们来念一段吧:

> 人民之于鬼物,惟独与他最为稔熟,也最为亲密,平时也常常可以遇见他。譬如城隍庙或东岳庙中,大殿后面就有一间暗室,叫作"阴司间",在才可辨色的昏暗中,塑着各种鬼:吊死鬼,跌死鬼,虎伤鬼,科场鬼,……而一

进门口所看见的长而白的东西就是他。我虽然也曾瞻仰过一回这"阴司间",但那时胆子小,没有看明白。听说他一手还拿着铁索,因为他是勾摄生魂的使者。相传樊江东岳庙的"阴司间"的构造,本来是极其特别的:门口是一块活板,人一进门,踏着活板的这一端,塑在那一端的他便扑过来,铁索正套在你脖子上。后来吓死了一个人,钉实了,所以在我幼小的时候,这就已不能动。

多么妙趣横生!大家一定非常好奇,也非常喜欢读的。当然,这篇回忆除了孩童的经历,也还有许多议论,很多关于人生的思考,也是值得去琢磨的。

《父亲的病》回忆庸医如何耽误父亲治病,这是他少年时期一段很不幸的经历。我们知道鲁迅曾经在日本学过医学,自然是西医。他对中医是不太信服的,可能也和少年时期这段经历的阴影有关吧。但这篇作品并不是否定中医的,他批判的是不负责任的庸医。而且从中还思考中西文化的不同:

> 中西的思想确乎有一点不同。听说中国的孝子们,一到将要"罪孽深重祸延父母"的时候,就买几斤人参,煎汤灌下去,希望父母多喘几天气,即使半天也好。我的一位教医学的先生却教给我医生的职务道:可医的应该给他医治,不可医的应该给他死得没有痛苦。——但这先生自然是西医。

> 父亲的喘气颇长久,连我也听得很吃力,然而谁也不

能帮助他。我有时竟至于电光一闪似的想道："还是快一点喘完了罢……。"立刻觉得这思想就不该,就是犯了罪;但同时又觉得这思想实在是正当的,我很爱我的父亲。便是现在,也还是这样想。

读到这里,大家一定也会陷入沉思的,感觉自己一下子长大了似的。鲁迅的作品常常具有这种发人深思的力量。

《琐记》回忆离家到南京上学所接触的种种世态人情,《范爱农》怀念同乡好友。这两篇都是写得很有趣而且好读的。我就不展开来说了。

打通隔膜:原来鲁迅这么"好玩"

十篇散文可以分开来读,但彼此也有些联系,合在一起,就呈现了鲁迅对自己童年到青年生活的有些连贯的回忆图景。"这组散文是鲁迅作品中最富生活情趣的篇章,我们可借此了解鲁迅从幼年到青年时期的生活道路和心路历程。"这句话是"名著导读"上的,也可以看作我们学习《朝花夕拾》的一个目标吧。我们学习这本经典,就可以了解鲁迅的少年和青年时期的经历,接触这位伟大的作家、思想家。我们容易有这样的印象:鲁迅是战斗的,批判的,总是那么严厉,文章也不好懂。学生中流传一句话:一怕文言文,二怕周树人。好像都有点"怕"鲁迅。这也反映一些实际情况。那么"高级"的鲁迅就这样被颠覆了。不过不要紧,随着年龄与阅历增长,对鲁迅肯定会有更深的认识。就拿我们学过的《朝花夕拾》那些课文来说,现在重新阅读,肯定会有新的不同以往的体会。读了《朝花夕拾》,你就会发现,鲁迅原来这么富于情趣,这么"好玩",不像我们原来印象中的那么威严、难懂、难于接近。

但是,鲁迅的文章确实和我们有些"隔",不容易懂的。这也是我们阅读《朝花夕拾》之前,要有的思想准备。

一是语言上的"隔"。大家都有这样的体会,鲁迅文章的语言和其他作家的语言很不一样,有时有点拗口,有些用词很特别,甚至不合常规,读起来不那么顺。比如,我们已经学过的《从百草园到三味书屋》,开头一段,我来读一下吧:

> 我家的后面有一个很大的园,相传叫作百草园。现在是早已并屋子一起卖给朱文公的子孙了,连那最末次的相见也已经隔了七八年,其中似乎确凿只有一些野草;但那时却是我的乐园。

"现在是早已并屋子一起卖给朱文公的子孙了",用如今通常的说法是"好多年以前这园子就连同房子一起卖给姓朱的人家了";"连那最末次的相见也已经隔了七八年",就是"最后一次见到这园子也已经过去七八年了"。鲁迅的语言带有二十世纪二十年代书面语的特点,有点文白夹杂,又有点欧化,是那个从文言到白话的转型时期的特点。当然,又还有鲁迅自己的特点。他特别重视用一些连接词或者转折词,让语言多一些张力,不那么直白,反而可以更好地体现思维的复杂性和丰富性。有些"不合常规"的语言,细加琢磨,又别有味道。例如"其中似乎确凿只有一些野草;但那时却是我的乐园",怎么会用"似乎确凿"这样"不合常规"的说法?其实这很适合回忆中的思维状态。前面一个"似乎",那些回忆中的景象是遥远而模糊的,紧接着的"确凿",与之并不矛盾,因为那景象那样鲜明地浮现在眼前了。

这让我又联想到鲁迅的散文诗《秋夜》开头一句:"在我的后园,可以看见墙外有两株树,一株是枣树,还有一株也是枣树。"有些人认为啰唆,其实是有意在表达那种寂寞的心境。这种重复和单调的语感,加深了此种心境的表达。如果把这句话改为规范通行的语言:"在我的后园,可以看到墙外有两棵树,都是枣树。"虽然不重复,诗意却跑了。

让我们再举一个例子,就是《琐记》中的这一段,说鲁迅对于家乡S城的流言蜚语已经感到腻味和绝望,他想尽快走出封闭的乡镇,到外边去。当时也就是同学们这个年龄,或者稍大一点,正处于青春叛逆期,希望能离家到外面闯荡世界。作品是这样写的:

> 好。那么,走罢!
>
> 但是,那里去呢?S城人的脸早经看熟,如此而已,连心肝也似乎有些了然。总得寻别一类人们去,去寻为S城人所诟病的人们,无论其为畜生或魔鬼。

注意这些用词和句式:"如此而已,连心肝也似乎有些了然",

"总得寻别一类人们去",如果按照现在通行的语言习惯来读,这是有些拗口的。但细读一遍再一遍,会读出一般语言所没有的那种节奏、韵味。刚读有些不习惯,你会不由自主慢下来品读,不只是读懂其意思,还能体会到语言背后的情感和思想。

如此看来,鲁迅语言某种程度上的"隔",不仅跟他所处那个特定时代语言的特点相关,更是鲁迅自己语言创造的特色,理解了这一点,才不怕这种"隔",不会让这种"隔"妨碍自己去阅读鲁迅。鲁迅的语言是有张力、有诗意、有韵味的,要细心去读,一遍一遍读,体会那种语感。读多了,可能会感觉自己平常使用语言虽然通顺,符合规范,可是无味,没有分量。如果有了这种自省和自觉,你的语言水平也可能得到某种程度的提高了。

阅读《朝花夕拾》可能有第二个"隔",就是文化历史常识。鲁迅这些回忆写的是一百多年前中国的社会生活,牵涉到很多历史、文化常识,如果不懂,的确会处处都是障碍。很多同学不喜欢读鲁迅文章,除了语言上的"隔",还有这时代和知识上的"隔"。也举个例子。如《无常》开头一段:

> 迎神赛会这一天出巡的神,如果是掌握生杀之权的,——不,这生杀之权四个字不大妥,凡是神,在中国仿佛都有些随意杀人的权柄似的,倒不如说是职掌人民的生死大事的罢,就如城隍和东岳大帝之类,那么,他的卤簿中间就另有一群特别的脚色:鬼卒,鬼王,还有活无常。

你看,像"城隍"、"东岳大帝"、"卤簿"等等,都是民间文化和传说中的角色事物,文中还提到《玉历钞传》《陶庵梦忆》等多种典籍,对这些多少要有所了解才能读下去。又如另外一篇《范爱农》,写到安徽巡抚恩铭、徐锡麟、秋瑾、满洲等等,都和辛亥革命前后的历史有关,如果不了解,读起来也会感到有些"隔",甚至不懂,读不进去。碰到这种阅读障碍怎么办?不要怕,也不要偷懒,查下字典词典或者相关的历史书,大致能懂,就读下去。这样,会有意外的收获,那就是通过读《朝花夕拾》、读鲁迅作品,对中国传统文化以及近代文化、历史有了一定的了解,而且是感性的了解。这是历史书上也不一定学得到的。如果读历史书,可能比较概括,比较理论化、知识化,而结合着鲁迅作品来读,就可以获得鲜活的历史感受。认真读《朝花夕拾》,把那些相关的人物史事都大致弄清楚,哪怕是大致,就很不简单,人文学科基本的素养都在其中了。

我们要正确认识为何读鲁迅会有些"隔",不怕这种"隔",还要力求打通这种"隔",进入鲁迅的精神世界。这样,我们就提升了自己的语文水平,提升了思想水平。

顺便提一下,教材中有关《朝花夕拾》的"名著导读"这一课,其标题就是《〈朝花夕拾〉:消除与经典的隔膜》。其中讲到现在是多媒体时代,许多年轻人没有耐性读经典作品,经典似乎离我们越来越远。要认识到,经典是人类智慧的结晶,读经典可以加深文化积累,可以锻炼思考能力,可以丰富人生的感受,可以涵养性情,等等。要让自己更具智慧,最好的办法就是读经典。但是由于时代的隔膜,语言的隔膜,年轻人读经典,是有困难障碍的。而且一般来说,对经典的不喜欢,也属于正常反应。于是就要消除"隔"。怎么消除与经典的"隔膜"?前面已提到一些办法了,比如细读,了解相关的历史文化知识,等等。但消除对于经典的"隔",主要还是认识问题。年轻的时候,容易被流行的甚至低俗的文化所包围,所以还是要有定力,有毅力,适当远离低俗文化,多读一些经典,尽可能让自己口味变得比较纯净和高雅,因此也就要适当读一些深一点的书。《朝花夕拾》提示我们如何消除与经典的隔膜,在今后接触其他中外经典时,也是适用的。

整体把握:大气、幽默与简单味

接下来,我们就来讲讲《朝花夕拾》阅读中应当主要关注什么,如何使我们的阅读效果最大化。我讲三点,是对《朝花夕拾》的整体感受和整体分析。在初中语文课上,我们学《朝花夕拾》中的三篇作品,是一篇一篇精学精讲的,而我们阅读《朝花夕拾》整本书,就要有个整体把握。

首先,阅读时要注意感受那种大气。鲁迅的文章毫不拘谨,放得开,收得拢,这是大气度。鲁迅在叙说以往生活经历时,时而沉湎回忆,时而感慨迸发,时而勾勒一幅景致,时而揣摩某种心理,时而考核故实,时而旁敲侧击……真正做到了作者所主张的"任意而说"、"无所顾忌"。然而细细琢磨,一篇仍有一篇的中心,各篇还都不脱离全书的基本线索。我把这叫作雍容大气。这是第一点。

比如《藤野先生》开头讲中国留学生油光可鉴的辫子,会馆里乌烟瘴气的跳舞,随便说到的这些怪现象,却是自己离开东京去仙台的原因。接着写仙台的经历,藤野先生的热心和作者受到的民族歧视穿插表现,恩师的形象逐渐显示,仿佛就是闲聊,漫不经心,从容自然。这就是大气,是雍容。不像有些散文过分讲究结构篇章,反而显得拘谨、做作。鲁迅曾经和一位青年谈到怎样写文章:"要锻炼着撒开手,只要抓紧辔头,就不必怕放野马;过于拘谨,要防止走上小摆设的绝路。"(李霁野:《漫谈〈朝花夕拾〉》)

这提醒对于我们写文章应当是有帮助的。刚开始学写文章,可以有些模仿,有些章法结构的要求。但慢慢写得多了,就要注意文字背后的思维,让思维的变化去引领文章写法。只有思想放得开,不拘谨,文章才有大气度。这也是一种向往吧。

第二,幽默。同学们可能都喜欢幽默,我们乐于和幽默的人在一起。网上很多段子,也是有些幽默的。但这些幽默可能格调不一定高,就是"搞笑"而已。鲁迅的幽默是很"高级"的。阅读《朝花夕拾》,要欣赏鲁迅式的幽默。《朝花夕拾》中有很多顺手而来的讽刺,注意了,这种讽刺往往不是单刀直入,而是用多少有点开玩笑的方式去回敬论敌,这笑就像鞭子,给论敌以苦辣的抽打,叫论敌挨了打却有苦难言,这正显现了幽默的力量。《朝花夕拾》中也有许多议论,写得很幽默。比如《父亲的病》中揭露庸医行骗,开的方子用奇特的药引,"最平常的是'蟋蟀一对',旁注小字道:'要原配,即本在一窠中者。'"鲁迅插入议论:"似乎昆虫也要贞节,续弦或再醮,连做药资格也丧失了。"这很可笑,会让人联想到封建礼教。讽刺的意味就在幽默之中加强了。

另外一种幽默比较平静和善,读来有很好的逗乐怡情的效果。如《阿长与〈山海经〉》里写善良可亲的长妈妈那些可笑的缺点,是用仿佛很"严重"的口气说的:"……满床摆着一个'大'字,一条臂膊还搁在我的颈子上。我想,这实在是无法可想了。"但自从听了她讲长毛的故事之后,"对于她就有了特别的敬意,似乎实在深不可测;夜间的伸开手脚,占领全床,那当然是情有可原的了,倒应该我退让"。这幽默的表达,让人感觉到怀念的真切,连缺点都可亲。站在更高的阶段回顾过往,审视处在荒唐情境中的童年或有趣的弱点,有一些戏剧性的兴奋。我们和同学、玩伴回想往事,常有类似的情况吧。

再举个例子。《琐记》中记叙在南京的求学生活,有这么一大段:

> 初进去当然只能做三班生,卧室里是一桌一凳一床,床板只有两块。头二班学生就不同了,二桌二凳或三凳一床,床板多至三块。不但上讲堂时挟着一堆厚而且大的洋书,气昂昂地走着,决非只有一本"泼赖妈"和四本

《左传》的三班生所敢正视;便是空着手,也一定将肘弯撑开,像一只螃蟹,低一班的在后面总不能走出他之前。这一种螃蟹式的名公巨卿,现在都阔别得很久了,前四五年,竟在教育部的破脚躺椅上,发见了这姿势,然而这位老爷却并非雷电学堂出身的,可见螃蟹态度,在中国也颇普遍。

是不是特别可笑?这就是幽默的力量。

鲁迅的幽默是有力的,自信的,是一种智慧,一种语言的风格,更是一种气质的表现。欣赏《朝花夕拾》,要格外注意这种由幽默产生的美感。读完《朝花夕拾》,鲁迅在你们心目中的形象可能有所改变:他不单是黑暗时代最勇敢的战士,不单是寂寞、忧虑、愤怒的,同时也是有温情的,淘气的,可爱的,幽默构成了鲁迅形象的一个重要侧面。在现代中国,极少有比鲁迅更有趣、更幽默的"老头"了!

第三,简单味。这个词有点生吧?是说《朝花夕拾》的风格,非常洗练、明晰,文字不多,给人的印象却很深。和文字表达也有关。鲁迅的这些文章似乎在说"闲话",也称"漫笔",是一种比较随意的写法,要细细品味,才更能体会到那种特别的情趣。每一篇集中勾勒一二个人或一二件事,就生动地概括了这一历史过程中的几个社会侧面,展现了作者几十年生活的踪迹。如《范爱农》写到清末浙江发生的反清的革命家徐锡麟被杀事件,心肝都被清兵炒了当菜吃了。消息传到日本,留学生开会讨论如何应对,要不要发电报:

>　　我是主张发电的,但当我说出之后,即有一种钝滞的声音跟着起来:
>
>　　"杀的杀掉了,死的死掉了,还发什么屁电报呢。"
>
>　　这是一个高大身材,长头发,眼球白多黑少的人,看人总像在渺视。他蹲在席子上,我发言大抵就反对;我早觉得奇怪,注意着他的了,到这时才打听别人:说这话的是谁呢,有那么冷？认识的人告诉我说:他叫范爱农,是徐伯荪的学生。

几句话,把范爱农愤世嫉俗、耿介直爽的个性写出来了。提炼典型的细节,多采用"白描"的勾勒,是形成《朝花夕拾》"简单味"风格的常用手法。这样的文章,耐读,就像线条清晰简练而富于表现力的素描,着墨不多,余韵无穷,我们不能不佩服这种洗练的功力。

这对我们的写作也有启示:写某个人物,某件事情,如何在有限的篇幅中写出其特点？一个人,很有特点,你能用三两句话把他(她)写出来吗？首先要观察,看这个人哪些点给人印象最深,最能显示其个性特征。写的时候就抓住这些特征,加以突出,而不是眉毛胡子一把抓,平铺直叙。当然,要达到鲁迅那样的"简单味",可不容易。观察是一种思维能力,能抓特点,抓重点,这也是需要训练的。我们学习《朝花夕拾》时,多注意一点鲁迅行文的"简单味",让自己的作文更加简练,不啰唆,不繁杂,不"记流水账",这也是一个收获吧。

现代散文的翘楚

像《朝花夕拾》这样通过写个人的生活,折射时代变迁,带有浓烈的抒情叙事意味的美文,是五四之后出现的一种新的体式。几乎所有新文学作家都写过这类作品,我们教材中也收进了一些。鲁迅是其中的翘楚。这类文章,现在也很流行,是常见文体,大家很习惯享用了。在古代,虽然还没有"散文"这个文体概念,但散文创作是很发达的。诸如《史记》那样的史传文,贾谊《过秦论》、诸葛亮《出师表》这样的政论策论,陶渊明《桃花源记》、王勃《滕王阁序》之类记叙文,韩愈《师说》、柳宗元《捕蛇者说》一类议论文,还有杜牧《阿房宫赋》、苏轼《前赤壁赋》一类赋体文,等等,范围很广,佳作很多。大家读过这些古代名篇,都会感叹汉语之美,文章之美,但再来读鲁迅《朝花夕拾》,仍然会觉得非常新鲜,甚至是前所未有。不只是《朝花夕拾》用白话写作,也因为它好像更加贴近生活,更适合表达个人的感情。

郁达夫曾经比较古今文章的最大不同,他说:"现代的散文之最大特征,是每一个作家的每一篇散文里所表现的个性,比从前的任何散文都来得强……更是带有自叙传的色彩了。"(《〈中国新文学大系·散文二集〉导言》)这可以帮助我们认识《朝花夕拾》的特点,以及鲁迅这部作品对于引领现代散文创作所起到的类似源头的作用。

（温儒敏,北京大学中文系教授,教育部统编本中小学语文教科书总主编）